A Fortaleza de Neve

Matthieu Ricard

A Fortaleza de Neve

Um conto espiritual

Tradução

Marcos Marcionilo

Ediouro

Título original
La citadelle des neiges

Capa original
Yahne le Toumelin

Foto do autor
Marion Stalens

Diagramação e Editoração
Dilmo Milheiros

Revisão
Argemiro de Figueiredo

CIP-Brasil. Catalogação-na-fonte.
Sindicato Nacional dos Editores de Livros, RJ.

R376f Ricard, Matthieu, 1946-
A fortaleza de neve : um conto espiritual / Matthieu Ricard ; tradução Marcos Marcionilo. – Rio de Janeiro : Ediouro, 2007.

Tradução de: La citadelle des neiges
ISBN 978-85-00-02283-8

1. Conto francês. I. Marcionilo, Marcos. II. Título.

07-4600. CDD: 843
CDU: 821.133.1-3

Rua Nova Jerusalém, 345 – Bonsucesso
Rio de Janeiro – RJ – CEP 21042-230
Tel.: (21) 3882-8200 – Fax.: (21) 3882-8212 / 8313
www.ediouro.com.br

Para K.P.

Sumário

A infância na aldeia

Détchèn nasceu em Khorma, uma aldeia do leste do Butão, aos pés do Himalaia. Um monge das proximidades o batizou Détchèn Dorjé, "felicidade de diamante". Desde criança, ele tinha o pressentimento de que entender o mundo era possível. Sentia em si a presença de uma força que queria, sobretudo, poder se exprimir. Não sabia exatamente que rumo lhe dar, mas a esperança resplandecia em seu coração como uma pequena chama.

Por vezes, Détchèn tinha a impressão de estar em união com tudo o que o circundava – a erva úmida, os ramos agitados pelo vento, as falésias multicores, os insetos que correm pela terra marrom, os martinetes que fendem os céus com gritos estridentes. Nessas ocasiões, fundia-se com o mundo e o abarcava todo pela respiração.

Em outras, tudo lhe parecia ser uma visão longínqua, uma imagem incerta. Ele não conseguia entender o motivo e vagava pensativo pelos arredores da aldeia, contemplando a paisagem, interrogando as coisas.

Nada ele conhecera além da vida em Khorma, uma aldeia com cerca de vinte casas e uma centena de almas. Mesmo assim, muitas das coisas que para os aldeões eram evidentes perturbavam-no. Quando ia trabalhar no campo, por exemplo, sentia um mal-estar incontrolável ao ver os animais sofrerem: os bois amarrados em juntas o dia todo para os trabalhos, os vermes da terra lacerados pelo arado de madeira das carroças, as mulas com os dorsos esmagados pelos pesados fardos...

Ele também não gostava quando os homens, inebriados pelo *tchang*, a cerveja de painço, perdiam a cabeça. Mais que tudo, as disputas eram para ele um espetáculo insustentável. E para piorar, ouvia dizer que em outros lugares povos inteiros se matavam entre si. Ele não compreendia como se podia chegar até esse ponto.

Os sorrisos, as palavras mansas, os gestos de bondade preenchiam-no com uma alegria comparável à que se experimenta quando se inspira uma grande quantidade de ar puro. Os olhos brilhavam, e ele sentia crescer dentro de si uma força de vida nova. "É assim", pensava ele, "que as coisas devem ser."

Quando ia recolher madeira seca na floresta com as outras crianças da aldeia, preferia dar tudo o que juntara a ver seus colegas repreendidos por seus pais ao voltarem de mãos vazias: ver seus amigos sendo repreendidos lhe provocava mais sofrimento do que ser ele mesmo castigado. Ainda muito pequeno, num dia de inverno em que nevara muito, Détchèn voltou para casa quase nu, sem o casaco que a mãe lhe costurara.

– Tem um homenzinho tremendo de frio lá fora – anunciou ele.

Estupefata, sua mãe foi até lá verificar: Détchèn havia envolvido cuidadosamente com seu casaco um pequeno arbusto que se parecia com uma pessoa.

❖

Os pais de Détchèn eram pessoas boas e corajosas. A mãe, Palmo, nome que significa "gloriosa", tecia quase o dia todo tecidos multicores de motivos complexos e brilhantes. Ela demorava um ano inteiro para concluir três grandes peças de tecido *kishotara*; juntas, formariam uma esplêndida veste, utilizada, em dias de festa, pelas mulheres de famílias abastadas. Quando concluía seu trabalho, ia vender o fruto de seus esforços no *dzong*, povoação construída em torno de um forte situado a uma hora de caminhada de Khorma. O *dzong*, sede do governo local, abrigava também um mosteiro. De sua venda, Palmo tiraria uma boa parte para comprar azeite, açúcar e o arroz vermelho que não germinava nas elevadas alturas de Khorma. Ela levaria também botas de borracha, lanternas de bolso e alguns outros objetos manufaturados na Índia.

O pai de Détchèn, Péma Dorjé, "lótus de diamante", ocupava-se dos animais – um boi e cinco vacas – e dos trabalhos no campo, ajudado pelos cinco filhos, dois meninos e três meninas. As terras não eram muito fecundas, mas davam cevada, trigo-sarraceno, painço e milho, que constituíam o essencial de sua alimentação. Por volta do fim do verão, recobertos de pimentas postas a secar ao sol, os tetos da aldeia, feitos de longas pranchas de madeira escurecidas pelo tempo, ganhavam um vermelho vivo.

Palmo também punha o *tchang* para fermentar e destilava o álcool, cujo cheiro invadia todas as casas da aldeia ao cair da noite. Os homens eram hábeis em trabalhar a madeira com a longa faca que carregavam orgulhosamente na cintura. A construção de novas casas era ocasião de festas e de cerimônias religiosas. Primeiro, vinham os monges abençoar os lugares. Détchèn não entendia perfeitamente o sentido dessas cerimônias – especialmente porque os monges não faziam o mínimo esforço para explicar aos camponeses o sentido da religião, até mesmo porque nem eles mesmos eram muito instruídos! –, mas sua música e seus cantos o emocionavam, sua presença o atraía. Depois, escolhia-se no calendário um dia propício para o início dos trabalhos. Quando se comemorava a construção do madeiramento, rios de *tchang* corriam. Détchèn se lembrava do dia em que seu tio Wangchouk começou a dançar na cumeeira, como se fosse um equilibrista, cantando repetidamente: “Eu sou Vishvakarma, o deus dos Artesãos!” Détchèn e seus amigos ficaram a contemplá-lo tomados por um medo divertido, esperando que ele degringolasse do teto, mas que nada! O deus dos ébrios deveria estar velando por ele! Por último, um lama especialmente convidado para a ocasião consagrava a casa e, mais especialmente, o aposento reservado ao altar familiar.

Com a noite, vinha o silêncio. O brilho fátuo das lamparinas durava pouco: a aldeia toda logo adormecia. A quietude das trevas parecia penetrar cada coisa. E só era quebrada de vez em quando pelo concerto de cães que de repente latiam, sem motivo, ou talvez porque um de seus semelhantes do povoado vizinho estivesse zanzando em território proibido.

A família toda dormia em um grande quarto; os mais velhos em grandes banquetas baixas dispostas ao longo das paredes e recobertas de mantas de lã coloridas, os mais novos em esteiras esticadas no chão, mesmo. Desde os primeiros alvores da manhã, as coisas deixavam de se prolongar. Acendia-se o fogo, a fumaça invadia o aposento principal, e a chaleira fervia, prestes a verter o chá quente sobre os flocos de arroz pilado ou sobre a farinha de cevada torrada e enriquecida com uma noz de manteiga. Palmo se prosternava três vezes diante da imagem de Buda, oferecia no altar familiar sete tigelas de água cristalina, depois acendia um bastão de incenso e uma lamparina de manteiga. Ela não sabia ler nem escrever, mas sabia de cor numerosas orações e as ensinava a seus filhos. Também lhes contava histórias fascinantes, como a do grande eremita Milarépa, cujo corpo chegou a ficar esverdeado de tanto comer urtigas, e que podia voar pelos ares e atravessar rochedos. Com voz doce e melodiosa, cantava também versículos dos ensinamentos de Buda:

Quem tem a compaixão é Buda,
Quem é sem compaixão é demônio da morte.

Sem cometer o menor ato prejudicial,
Pratica perfeitamente a virtude,
E domina completamente teu espírito:
Esse é o ensinamento do Buda.

Quando Détchèn atraía reprimendas sobre si por ter feito alguma bobagem ou quando se via triste, ele corria espontaneamente para perto da avó, Yangchèn, mulher de coração imenso e dona de uma língua solta, que não hesitava em fazer valer suas opiniões sobre as pessoas e as coisas; os aldeões achavam que mais valia escutar suas considerações do que contradizê-la. Ela consolava Détchèn, mas também lhe dava lições, apoiando-se no inesgotável repertório de provérbios que possuía: "Só o insensato mete a mão no fogo achando que não vai se queimar. Sem ter provado o gosto das lágrimas, você não apreciará o riso."

❖

O tiro ao alvo era a grande distração dos homens da aldeia. Montavam-se na extremidade de um campo duas pranchas estreitas, separadas cem metros uma da outra, e nelas se desenhava um pequeno alvo colorido do tamanho de um pires. Depois de ter atirado, os arqueiros se amontoavam em torno do alvo. Totalmente alheios ao perigo, eles esperavam a chegada de cada nova flecha, que evitavam com um rápido movimento do corpo se ela raspasse muito perto de algum deles. Quando uma flecha atingia o alvo e, mais ainda, se ela se afundasse no centro, os membros da equipe vitoriosa se entregavam a uma dança ritual e entoavam cantos de vitória.

No fundo, a vida na aldeia não era tão dura assim, mas Détchèn tinha o sentimento, ainda indistinto, de que não era daquele modo que ele queria passar sua existência.

❖

Um dia, cuja lembrança se gravou para sempre em seu coração, chegou um homem que os aldeões pareciam muito especialmente felizes em acolher. Era Jamyang Nyima, "doce Sol do conhecimento", um meio-irmão de sua mãe. Havia anos que ele vivia nas montanhas, lá onde cai geada durante a noite, mesmo em pleno verão. Na véspera, num canto do fogo, ele falou da Fortaleza de Neve, um lugar fora do mundo, tão longe dos homens, tão perto dos deuses. Alguns fiéis da aldeia tinham ido até lá em peregrinação. Jamyang vivia ali havia doze anos. Ele narrava a beleza selvagem e a paz imutável do lugar. E enfatizava a presença, lá no alto, de um ser fora do comum, um mestre espiritual chamado Tokdèn Rinpotché, de quem ele era discípulo. Jamyang falava dele, com a voz embargada de amor e de respeito, como aquele que guiava sua vida espiritual com sabedoria e compaixão. Jamyang não era nem um monge, nem um homem casado, mas um eremita, um meditador que passara muitos anos em retiro. Ele emanava uma segurança tranqüila e uma grande gentileza. Enquanto o escutava, o espírito de Détchèn voou para as montanhas nevadas, imaginando como seria a vida lá em cima, indagando a que poderiam se assemelhar um mestre espiritual e uma vida de eremita. A possibilidade de viver de outra maneira começava a tomar substância nele.

Na manhã seguinte, na hora do chá, ele encontrou seu pai e Jamyang conversando animadamente junto ao fogo, com as mãos estendidas acima das brasas acesas. Quando Détchèn se aproximou, seu pai lhe disse:

– Jamyang vai voltar em breve para as montanhas. Você quer ir com ele?

O rapazinho sentiu o coração saltar de alegria. Ele já se imaginava atravessando a grande floresta e chegando à presença dos eremitas da Fortaleza de Neve. Assim como a maioria das crianças da aldeia, ele respeitava seus pais e se submetia sem retrucar às suas ordens, mesmo quando isso o desagradava quase completamente. Mas, dessa vez, foi com um grande sorriso que concordou. A aventura prometida o enchia de entusiasmo.

Os pais de Détchèn haviam notado que, desde criancinha, o filho era naturalmente calmo e bondoso e que ele gostava de se sentar durante horas em companhia dos monges e dos eremitas que passavam pela aldeia. E queriam lhe dar uma chance de se familiarizar com a vida espiritual.

– Vamos sentir sua falta – acrescentou seu pai –, e também é verdade que precisamos de ajuda em nossos trabalhos no campo, mas, se você tem mesmo vocação para a vida espiritual, não podemos desejar nada de melhor para você. Além do mais, você se lembrará de nós em suas meditações e orações. E teremos orgulho de você.

Détchèn tinha catorze anos.

Sua mãe preparou sua trouxa, que não era grande coisa, para dizer a verdade. Um manto de lã marrom e um boné de inverno, um cobertor de pêlos longos, uma tigela para beber e comer, um saco de couro macio contendo farinha de cevada torrada – a *tsampa* – e manteiga. Ela ainda acrescentou provisões para o caminho, arrumando-a em uma cesta redonda trançada por seu marido com fibras de bambu tingidas de cores vivas.

Jamyang, por sua vez, levava víveres que seriam suficientes para os dois durante meses e meses: um saco de *tsampa*, dois sacos de arroz vermelho, um odre de manteiga, uma cesta de vime quadrada cheia de milho pilado e uns vinte tijolos de chá prensado. Ele ainda levava um grande pote de gordura vegetal reservado à oferenda de lâmpadas votivas no templo. Jamyang e Détchèn pegaram duas mulas para carregar tudo isso em seus três dias de périplo.

❖

Quando chegou a hora da partida, Palmo deu a Jamyang algumas cédulas amarrotadas. Não que houvesse algo a ser vendido no lugar para onde ele ia, mas aquele dinheiro lhe permitiria fazer pequenas compras quando cruzasse nômades de passagem que estivessem descendo para o *dzong* no vale. Ela estava exultante diante do futuro para o qual o filho se encaminhava, mas viam-se lágrimas brotarem nos cantos dos olhos. Détchèn era o mais novo dos filhos, aquele para o qual ela reservara seus mais ternos cuidados. Animado com a aventura, Détchèn ainda não entendera que não poderia ver sua família durante um ano, ou dois. Mas isso não o impedia de sentir uma pontada no coração quando se pôs em marcha com Jamyang e suas mulas.

Os aldeões interromperam suas atividades para desejar-lhes uma boa viagem e vida longa. Os irmãos, as irmãs e alguns amigos de Détchèn os acompanharam até um valezinho. Quando chegou ao cume, ele se virou. A mãe, a avó Yangchèn e alguns parentes continuavam imóveis diante da casa, vendo-os se afastarem. Para lhes dizer adeus, Détchèn agitou ao vento uma longa estola cerimonial de seda branca que a mãe, em sinal de bom augúrio, lhe passara em torno do pescoço no momento de deixá-lo. Na aldeia, algumas estolas descreviam em resposta arabescos que exprimiam bons e afetuosos votos. Depois de atravessar o vale, Jamyang e Détchèn perderam a aldeia de vista.

A viagem pela floresta

Tudo se tornara tranqüilo. Diante deles, abria-se um caminho difícil, uma longa subida de três dias rumo às alturas nevadas. Eles andaram duas horas margeando o rio, depois penetraram em uma floresta luxuriante, povoada de árvores imensas, que formavam uma abóbada de esmeralda de onde jorravam, aqui e ali, feixes de luz. A vegetação frondosa estava semeada de troncos de árvores mortas, de musgos e de orquídeas, atravessados de regatos que se ramificavam e se desdobravam, formando intermináveis pântanos lamacentos.

Com um bastão em cada mão, eles saltavam de pedra em pedra – esperando que elas não rolassem sob seus pés –, passavam o mais rápido possível sobre um tronco de árvore estreito e meio apodrecido, antes que ele afundasse sob o impacto de seu peso, depois localizavam rápido o próximo tronco ou uma pedra qualquer que estivessem visíveis e os alcançavam com um pulo. Para isso, era necessário ter uma verdadeira técnica; era melhor não se distrair! Geralmente não havia problemas porque, quase sem perceber, no decorrer dos anos, pedras e troncos tinham sido dispostos nos lugares certos por incontáveis viajantes e pastores. Além do mais, assim como a maioria das pessoas da região, Détchèn tinha um notável senso de equilíbrio e não era propenso a vertigens. Os dois caminhantes e suas mulas avançavam rapidamente.

Jamyang explicava a Détchèn durante uma de suas raras paradas:

– Esses caminhos pantanosos são como o *samsara*. Para atravessá-lo, você precisa se apoiar em dois bastões, a sabedoria e o método. Um não pode avançar sem o outro. Com apenas um bastão, você logo perderá o equilíbrio e dará com o nariz na lama.

Détchèn ainda não fazia nenhuma idéia do que significavam sabedoria e método, mas se manteve em silêncio.

Não longe dali, o lodaçal desembocava em um caminho que serpenteava rumo a um montículo atapetado com um belo musgo verde, iluminado pelos raios do sol que atravessavam a abóbada das grandes árvores, como se fossem espadas de luz. O lugar convidava ao repouso. Jamyang e o menino se sentaram para recuperar a respiração. E não demoraram a acender o fogo e preparar o chá na chaleira amassada que Jamyang retirara da sela de uma das mulas.

Enquanto se recompunham, Jamyang prosseguiu:

– Sabedoria é compreender que tudo aquilo que você vê, tudo o que sente, é tão efêmero quanto um sonho, uma ilusão, uma gota de orvalho, um clarão na noite, uma bolha na superfície da torrente. O método é estar cheio de compaixão por todos os seres; em suma, é ter bom coração. Sem sabedoria, você percebe tudo enviesado; e sem compaixão, sua sabedoria não vale grande coisa.

Gradualmente, as palavras iam adquirindo sentido para Détchèn; mas tudo isso permanecia, pelo menos, um pouco complicado para um garoto de sua idade, sem educação formal.

– Quando caminhar por essas sendas difíceis – continuou Jamyang –, você poderá compreender melhor a lei de causa e efeito. Se estiver distraído e cometer o menor erro, sua queda será desagradável. O mesmo acontece na vida: se age sem refletir ou, pior, com maldade, naturalmente você colhe problemas, sem contar com os danos que causa aos outros.

Isso já ficou um pouco mais claro. Détchèn se lembrava do dia em que brigou com seus colegas da aldeia e da tristeza que sentiu depois da briga. Outra vez, ele mentiu para escapar de um castigo e se sentiu muito mal, como se o mundo tivesse deixado de girar em torno de seu eixo.

❖

Détchèn se alegrava diante de tudo o que tinha para aprender. A descoberta de idéias novas se misturava à descoberta da grande floresta, na qual ele, até então, jamais se aventurara. A grande floresta era povoada de pássaros de cantos bem estranhos: o tucano, cujos chamados sonoros e melodiosos ressoavam em todas as direções; a gralha do Himalaia, cuja cauda imensa ondeava como uma estola de seda azul deslizando sobre a vegetação, quando ela voava de repente, alguns metros diante deles. Borboletas imensas passavam como flores de veludo levadas pela brisa.

Também havia ursos, mas felizmente Jamyang e Détchèn não toparam com eles. Vários homens da aldeia carregavam no próprio rosto profundas cicatrizes de seu encontro repentino com a fera. Pelo menos aqueles que conseguiram sobreviver.

Détchèn começou a sonhar com os *migueu*, "homens selvagens", chamados por alguns estranhos que um dia passaram pela aldeia de "abomináveis homens das neves". Esses visitantes insólitos queriam, custasse o que custasse, ver um *migueu*, o que fizera Détchèn e seus amigos darem boas risadas. Todo mundo conhecia alguém que conhecia outro alguém cujo avô ou primo tinha encontrado um *migueu*, mas ninguém na aldeia jamais vira nem ao menos um com seus próprios olhos.

Mas, falando francamente, Détchèn tinha medo mesmo era das sanguessugas. Elas pululavam aos milhares. Como finas línguas negras, levantavam-se, ondulantes, sobre as folhas e as ervas da beira do caminho, como se pressentissem que eles estavam passando, ou então caíam dos ramos das árvores direto sobre suas cabeças. Todas as manhãs, Jamyang e Détchèn friccionavam os pés e as panturrilhas com sal, para que as predadoras não se incrustassem em sua carne. Mas sempre havia algumas que deslizavam para baixo das roupas. No começo, sua mordida era indolor, e Détchèn só se dava conta de sua presença quando o sangue escorria por suas pernas ou transpirava de sua camisa. As mulas não tinham como se defender e logo, logo estavam sangrando, sobretudo nos lugares onde a pele é fina, nas patas, em torno dos olhos e nas narinas.

– Os pensamentos errantes são como essas sanguessugas – disse Jamyang. – Não as vemos chegar, e, quando nos damos conta, já é tarde demais: elas invadiram nosso espírito. Elas são como o fogo que arde sob as brasas. As brasas são nossos hábitos, nossas inclinações inveteradas. Basta que os acontecimentos da vida as aticem para que as chamas da cólera ou da inveja ressurjam.

❖

Détchèn calçava os sapatos de tecido que a mãe lhe comprara no *dzong*. No tempo de seus avós, ninguém no Butão usava sapatos, nem mesmo Ourgyen Wangchouk, o rei do país. Détchèn se lembrava de ter visto no *dzong* uma antiga fotografia amarelada na qual o rei e sua corte estavam postados, de pés descalços, ao lado de dignitários estrangeiros que exibiam os trajes de seu país. Seu pai lhe contara que esses emissários – vindos com grande pompa da Índia, que estava ocupada por eles à época – tinham se comportado com muita arrogância. Mas os butaneses não se deixaram impressionar, chegaram a zombar de seus visitantes de face pálida, os quais foram embora muito irritados.

Détchèn, por sua vez, adorava seus sapatos. Jamyang lhe contou que quando seu pai fora em peregrinação ao Tibete, já com trinta anos de idade, seus companheiros e ele enrolaram faixas de pano nos pés para enfrentar uma semana de caminhada na neve e atravessar os altos desfiladeiros. Ao chegar ao Tibete, ele providenciou para si botas tibetanas de feltro multicolorido, guarnecidas de solas de couro rígido. Quando voltou para sua terra, ele não as levou consigo, mas a família de Jamyang as conservou como lembrança.

Já fazia doze horas que Jamyang e Détchèn penavam em um caminho estreito e lodoso, que serpenteava sob a fronde espessa da floresta. A alternância de subidas e descidas parecia nunca mais ter fim. As descidas, algumas das quais levavam até a margem da torrente, eram piores que as subidas, porque depois de uma delas era necessário reconquistar toda a altitude perdida.

A noite caía, e estava começando a chover. Até aquele momento, não tinha surgido nenhum lugar para acampar, mas Jamyang sabia que eles estavam se aproximando de um vilarejo construído no flanco de uma colina.

No crepúsculo, de repente, abriu-se uma clareira na vegetação e apareceram pequenos campos cultivados no formato de terraços. Uma garganta profunda, logo abaixo, fendia o vale arborizado numa incisão vertiginosa. Na vertente oposta, uma grande cascata mergulhava na torrente, como uma estola de seda branca se despregando lentamente contra a muralha sombria.

❖

O povoado contava apenas com duas casinhas. Era tudo o que havia. Sob o anteparo de um celeiro, empilhava-se uma grande quantidade de madeira. Am Phourba, a camponesa que liderava aquele lugar, acolheu Jamyang como se ele fosse um parente próximo. Assim como a mãe de Détchèn, ela tecia *kishotara* soberbos, com a venda dos quais atendia às modestas necessidades da família.

Uns dez anos antes, enquanto atravessava a torrente a pé, seu marido escorregou e bateu violentamente a cabeça contra uma pedra. Desde então, passou a sentir constantemente um grande cansaço e mal conseguia trabalhar. É preciso dizer que ele também se tornou um pouco abobalhado. Mas se encarregava da cozinha e cultivava as pequenas faixas de terra que circundavam a casa. A filha mais velha, Drolma, ocupava-se das três outras crianças e cuidava de todo o resto, enquanto Am Phourba tecia.

❖

Depois de ter ajudado Jamyang a descarregar as mulas, Détchèn, exausto e ensopado, sentou-se diante do fogo na cozinha, vendo o pai daquela família preparar uma sopa de massa fresca que ele acabara de cortar em uma grande tábua polida pelo uso. O brilho pálido de uma lâmpada a óleo mal revelava as paredes tisnadas pela fumaça.

Jamyang deu notícias do vale, depois retirou dos sacos algumas encomendas que Am Phourba lhe pedira para trazer: meadas de seda de todas as cores, doze caixas de fósforos, três rolos de corda, uma pá de ferro e um saco de sal. Depois de ter tomado, deliciado, várias tigelas de sopa quente, Détchèn, esgotado, não demorou a dormir em uma esteira de palha ali mesmo no chão, com a cabeça apoiada em sua trouxa. Jamyang o envolveu em um cobertor.

Am Phourba cobriu seu tear com um grande pano, seu marido jogou cinza nas brasas, e logo, logo a casinha adormeceu. Só o tique-taque de um grande despertador indiano, que indicava uma hora aproximativa, e o longínquo barulho do rio povoavam o silêncio profundo da noite.

❖

Aos primeiros clarões da alvorada, todo mundo estava de pé, exceto os dois recém-nascidos, ainda adormecidos no leito dos pais. Era preciso reavivar o fogo, dispor as oferendas no altar, ir buscar madeira e água, preparar uma rápida refeição e soltar os animais.

Am Phourba, por sua vez, foi logo se sentar diante de seu tear. Sua lançadeira ia e vinha como por encanto. De vez em quando, a tecelã amarrava, sem hesitação, novos fios de seda de cores brilhantes, demonstrando trazer claramente no espírito a complexidade do motivo que nascia dos dedos. Enquanto tecia, ela conversava com Jamyang. Détchèn observava em silêncio.

Em determinado momento, Jamyang se dirigiu a ele:

– Esse tear é um ensinamento por si só. Veja que a cadeia mostra que nesse mundo todas as coisas são ligadas umas às outras. Se você estica ou solta um dos fios, sua ação repercute em todos os outros fios. A lançadeira representa seu espírito e a motivação de seus atos. É ela que cria a beleza ou a feiúra da trama de sua existência. Segundo seu espírito esteja movido por uma boa ou má intenção, ele fará passar pela cadeia de seus atos os fios de seda do altruísmo ou a crina do egoísmo; fará de sua vida um magnífico tecido de cores resplendentes ou uma tela áspera, que servirá, no máximo, para fazer uma camisola.

– Sim, mas eu não estou só no mundo – reagiu Détchèn. – Os outros intervêm em minha iniciativa de tecer, eles me ajudam ou me entravam.

E Jamyang respondeu:

– Cabe a você, o mestre de obra, integrar em seu trabalho as ações, esperanças e temores dos outros, a fim de fabricar um tecido suficientemente grande para envolvê-los.

❖

Os dois peregrinos retomaram sua rota depois do chá da manhã.

Naquele dia, a floresta estava ensolarada, e eles alcançaram um bom ritmo. Por volta do meio-dia, chegaram a outro povoado, onde lhes ofereceram, de bom coração, uma refeição bem modesta. Contudo, a situação nesse povoado estava longe de ser fácil. Mulheres e crianças davam duro, tanto em casa como no campo, enquanto os homens pouco trabalhavam. Por causa disso, a partir das três horas da tarde, eles estavam todos bêbados, porque destilavam um fortíssimo álcool de arroz, cujos odores se sentiam por todos os lugares. Era um espetáculo triste de se ver.

– Assim são as ilusões do mundo – murmurou Jamyang. – Os seres aspiram à felicidade, mas lhe dão as costas. Seduzidos por breves sensações de prazeres fáceis, rapidamente se vêem prisioneiros, presos à morna repetição da necessidade. Olhe para esses homens escravos do álcool. O mesmo se passa com os hábitos de nossa mente. Obedecemos passivamente aos impulsos, que atravessam nossos espíritos como estribilhos que não cessam. E, não obstante, a transformação do espírito é uma aventura tão apaixonante!

Jamyang ia refletindo em voz alta; Détchèn escutava pensativamente.

❖

Depois, eles voltaram para a floresta e, após uma hora de caminhada, passaram por alguns iaques pastando no meio de uma vegetação pantanosa. Détchèn foi tomado de surpresa: normalmente os iaques vivem nas altas pastagens, domínio dos nômades. A quem pertenceriam? Logo depois, viram um grupinho de cabanas, habitadas por duas famílias tibetanas. Os parentes tinham fugido da invasão chinesa, havia mais de trinta anos, com uma dúzia de iaques e, desde então, viviam pobremente naquelas cabanas precárias. Eles ofereceram a Jamyang e a Détchèn nata, produzida em excesso durante a estação do verão, época em que desnatavam a manteiga durante todo o dia.

Caída a noite, nossos amigos encontraram uma clareira à margem do rio e decidiram passar a noite ali. Recolheram lenha seca para acender uma fogueira e espalharam no chão várias camadas de raminhos de pinheiro, porque suas longas pontas formavam um tapete macio. Depois de se terem alimentado com chá quente e trigo moído, esticaram-se sob a abóbada das árvores que as chamas tingiam de vermelho. De tempos em tempos, uma coruja pontuava o silêncio com seu piar grave e empolado. Antes de cair no sono, Détchèn ficou por alguns instantes com os olhos escancarados, mergulhado na noite, sem nada entender. Imagens da aldeia e de seus parentes flutuavam em seu espírito. Os parentes, ele os via reunidos na sala comum, perguntando-se o que teria acontecido ao pequeno Détchèn.

❖

Na manhã do terceiro dia, Jamyang e Détchèn saíram, por fim, da grande floresta. Agora margeavam uma torrente tumultuosa que descia para o vale. Seus borbotões de espuma se chocavam contra enormes blocos negros, por eles polidos havia muitos séculos, turbilhonavam em torno de fossos invisíveis e explodiam em poeira de prata, em meio à qual sorriam todas as cores do arco-íris. Fizeram uma parada em uma pradaria acolhedora para ferver o chá e comer suas últimas bolachas de trigo-sarraceno. Nas horas que se seguiram, a caminhada se tornou agradável. Eles encontraram as primeiras placas de neve. A picada se tornou abrupta e começou a ziguezaguear pelo meio de enormes rochedos. A subida tomou boa parte da tarde, forçando-os a parar com freqüência para poder retomar o fôlego.

A chegada à
Fortaleza de Neve

A vegetação mudava rapidamente. Gencianas amarelas e azuis, lírios-do-vale e juníperos substituíram as espécies tropicais. Nossos viajantes alcançaram um platô verdejante atravessado por uma torrente, a qual tiveram de atravessar em várias etapas, equilibrando-se sobre troncos de árvores lançados pelo meio do trajeto. Por fim, escalaram um desfiladeiro em suave declive, coroado de bandeiras de orações que flutuavam ao vento.

Ali, Détchèn descobriu uma imensa depressão de paredes rochosas encimadas por cristas de neves eternas, que formavam um círculo quase perfeito, encerrando uma planície de urzes e florestas de abetos. Ali pelo meio, serpenteava um rio de reflexos azuis. À direita, a meia hora de caminhada, instalado sobre um espigão rochoso, um pequeno templo, grão de ouro sobre as montanhas negras, resplandecia ao sol.

Daquela paisagem toda se desprendia uma impressão de paz e majestade imutáveis. Détchèn pensou que aquele devia ser o "fim do mundo". Os dois peregrinos se prosternaram três vezes na direção do templo, depois ficaram silenciosos por alguns instantes, deixando-se impregnar pela potente beleza do lugar. Jamyang olhou para Détchèn e anunciou em voz baixa, cheio de respeito e de maravilhamento:

– A Fortaleza de Neve.

Ao indicar respeitosamente o templo com a mão, ele acrescentou:

– E lá está a morada de Tokdèn Rinpotché. – Em seguida, explicou a Détchèn: – *Rinpotché* significa "preciosíssimo". É a forma com que nos dirigimos a um mestre espiritual. Só usamos seu nome próprio quando é necessário distingui-lo de outros mestres. Tokdèn Rinpotché passou vinte anos no Tibete, ao lado dos maiores sábios de seu tempo. Depois, veio meditar na Fortaleza de Neve. Ele vive retirado aqui há mais de trinta anos, sendo visitado apenas por seus discípulos, além de um ou outro peregrino.

A Fortaleza de Neve era, com efeito, um lugar sagrado, situado ao largo de todas as estradas e de todas as aldeias, um dos grandes lugares sagrados, onde meditou Padmasambhava, o "Mestre Nascido do Lótus", também conhecido pelo nome de guru Rinpotché, que, nos séculos VIII e IX, fez o budismo florescer no Tibete. Mais tarde, sua companheira espiritual, Yéshé Tsoguial, "Rainha do Mar de Sabedoria", entregou-se à ascese em uma gruta perdida no meio das neves. O pequeno templo onde vivia Tokdèn Rinpotché fora construído a poucos metros da gruta de Padmasambhava.

❖

Détchèn andava rapidamente, tomado de uma alegria toda nova. Cada pedra, cada árvore lhe pareciam impregnadas de uma presença viva. Os cimos nevados eram ladeados de colinas que se inclinavam para o centro da planície. Elas se pareciam com elefantes curvados oferecendo o dorso a quem quisesse montá-los, ou com leões orgulhosamente posicionados desafiando o viajante intrépido. A própria planície desenhava um lótus de oito pétalas, e o céu se recortava acima das cristas brancas, como um *gakhyil*, um "círculo de alegria". Pequenos lagos cor de turquesa constelavam os prados como se fossem inúmeras taças de ambrosia. Estolas de bruma envolviam as vertentes e se apoiavam nos guarda-sóis dos grandes pinheiros. Picos dentados e arestas recortadas se lançavam para o céu como ondas que arrebentavam e se congelavam na pedra.

Cada rocha, cada gruta, cada rio carregavam consigo uma história. Aqui um eremita meditara, ali um santo deixara a marca de seu pé no rochedo, um pouco mais para lá residia uma divindade local. A terra era sagrada, o céu era sagrado.

Os passos de Jamyang e Détchèn faziam os faisões coloridos levantarem vôo, agitando fragorosamente as asas. Além de seu mestre espiritual, apenas uns vinte eremitas habitavam aquela ravina.

Não mais que de repente, o céu se cobriu, e a neve começou a cair. À medida que suas roupas começaram a branquear e o dia findava, o homem e o menino chegaram a um povoado de ermidas de madeira, construído em semicírculo às margens de um pequeno lago cercado de grandes rochedos planos. Eles entraram em uma cabana um pouco maior que as outras, que servia como local para as reuniões.

❖

Alguns eremitas estavam reunidos em torno do fogo que aquecia a sopa da noite. Eles acolheram os viajantes com um contentamento tranqüilo. Ninguém falava alto e agudo como na aldeia, as conversas eram feitas em tom baixo, mescladas ao murmúrio da chaleira.

O jantar foi frugal. Uma tigela de *thupa*, uma sopa de macarrão na qual puseram para cozinhar legumes secos. Depois de terem partilhado algumas novidades, os eremitas se retiraram para se dedicar às suas práticas vespertinas.

Détchèn foi informado de que outros eremitas mantinham-se em retiro solitário havia muitos anos. Eles se consagravam inteiramente à vida contemplativa, e seu mestre espiritual era o único que aparecia de tempos em tempos para lhes fazer uma visita. Provisões e madeira eram deixadas diante da porta de sua ermida.

Exausto, mas plenificado, Détchèn caiu em um sono reparador em um canto da sala comum. Foi acordado, bem antes da aurora, pelo som cristalino das campainhas dos eremitas, os quais, cada qual em sua ermida, começavam sua jornada de meditação por meio de orações. Ao nascer do sol, Détchèn descobriu a beleza luminosa da depressão de montanhas vestidas com um fino manto de neve.

Logo mais, ele viveria os momentos mais decisivos de sua existência: o encontro com um mestre espiritual. Apesar de sua tão pouca idade, ele pressentia a importância, a riqueza e a solenidade do momento. Sua expectativa era, ao mesmo tempo, solene e alegre, um impulso interior marcado pelo respeito e pela curiosidade.

O encontro com o mestre

Jamyang veio buscá-lo, e eles escalaram juntos o caminho abrupto que levava ao pequeno templo. No limiar, Détchèn sentiu o coração bater acelerado. Depois, uma vez erguida a cortina que velava a entrada, ele foi introduzido em uma grande sala. À esquerda, um pequeno altar abrigava estátuas de argila de um colorido antigo e textos sagrados, diante dos quais estavam dispostas oferendas. O assoalho de madeira escura e gasta refletia sombras e luzes. Alguns *thangka*, pinturas em tecido emolduradas com brocados descoloridos, ornamentavam as paredes. Um suave perfume de pinho e de zimbro misturado com incenso flutuava no ambiente. Mas Détchèn não se dava conta de nada disso. Maravilhado e tímido, ele concentrava toda a sua atenção em um homem já idoso, de rosto sereno, cujos cabelos brancos estavam aureolados pela luz da janelinha contra a qual ele estava apoiado.

Jamyang e Détchèn se prosternaram três vezes e se sentaram aos pés do mestre, que estava instalado em um leito baixo, coberto por um tapete de lã. Em resumidas palavras, Jamyang narrou a história de Détchèn. O mestre sorriu, olhou para ele com bondade e disse:

– *Shatsa.*

Essa é a exclamação que uma mãe enternecida reserva para seu filho.

Emanava do sábio uma força benévola de paz, e sua simples presença conferia ao lugar uma calma tal que o menino nunca, nunca conhecera. Poderíamos dizer que cada coisa, cada instante carregavam consigo a serenidade do mestre. Não se ouvia nada além do suave murmúrio das contas do *mala* lentamente desfiadas entre seus dedos, pequeninas pérolas de madeira lustradas pela recitação de milhões de mantras. A oração era tão natural para ele quanto a própria respiração.

Enquanto Jamyang e o mestre se entretinham, Détchèn se deixava impregnar de cada imagem e de cada fala, assim como quem bebe em pequenos goles a água pura de uma fonte. Combinou-se, então, que o jovem rapaz voltaria na manhã seguinte para receber suas primeiras instruções espirituais.

O mestre abençoou Jamyang. Quando ele impôs demoradamente suas mãos sobre a cabeça de Détchèn, nosso menino sentiu um doce calor penetrar seu corpo, preenchendo-o com um bem-estar inefável, como se o amor do mestre escorresse das palmas das mãos, como um néctar luminoso que dissolvesse todos os medos, fazendo desabrochar o que de melhor havia em Détchèn.

Jamyang e Détchèn se despediram, recuando com pequenos passos, como a contragosto, evitando, por respeito, virar as costas ao mestre, de mãos postas em um gesto de gratidão.

De saída, ao cruzar novamente o limiar do templo, Détchèn se sentiu ofuscar pela luminosidade intensa que inundava de repente a paisagem interior que ele acabara de descobrir. Em silêncio, o homem e o menino desceram pelo caminho, atentos à presença do mestre em seus corações.

❖

E foram ao encontro do lama Dorjé, que desempenhava a função de administrador da pequena comunidade. O lama Dorjé conduziu Détchèn para uma cabana construída com um pínus escurecido pelo tempo, liberada por um meditador que voltara para sua província natal. Uma lucerna criava um claro-escuro acolhedor, no qual se entrevia um leito baixo revestido por uma coberta de feltro cinza, uma mesa retangular e uma caixa de madeira rústica – e essa era toda a mobília. Sobre duas estantes repousavam algumas imagens de divindades pintadas em papel, fotos de mestres amareladas pelo tempo, uma imagem de Padmasambhava e sete tigelas de oferendas de cobre vermelho. Apesar da simplicidade do lugar, Détchèn experimentou uma grande alegria. Jamais tivera um quarto só para si. Aquela pequenina ermida era agora seu reino, um porto de paz onde ele poderia se iniciar, em completa quietude, na prática espiritual. Seus pais, seus irmãos e irmãs, seus amigos lhe faziam falta, e ele pensava continuamente neles com afeto e saudade, mas, estranhamente, isso não o impedia de se sentir perfeitamente à vontade nesse lugar remoto, nessa vida nova.

❖

O dia seguinte era de Lua cheia. Meia dúzia de eremitas – os que ainda não estavam em retiro fechado – se reunira no terraço em frente às ermidas para ali fazer uma oferenda de incenso. Ramos de zimbro, mergulhados na água do pequeno lago, tinham sido empilhados sobre uma fogueira em que crepitavam farinha de cevada, manteiga, mel e melaço. Dali se elevavam espessas espirais perfumadas, nas quais os eremitas visualizavam oferendas infinitas: flores multicores, jóias resplandecentes, iguarias de cem sabores, perfumes e músicas que enchiam os céus, dons sem limite aos Budas do presente, do passado e do futuro, aliviando os sofrimentos de todos os seres, trazendo-lhes paz e felicidade.

Détchèn passou o resto do dia sentado no prado, descobrindo pouco a pouco a suntuosa paisagem que se ofereceria a ele durante anos. Um riozinho de águas cristalinas serpenteava no meio da planície oval, o mesmo rio que, tão logo se ultrapassava a "porta" da depressão, resvalava para os desfiladeiros vertiginosos que Détchèn transpusera para chegar à Fortaleza de Neve. Como se fossem jóias esparsas, erguiam-se aqui e ali eminências rochosas engastadas nos pequenos bosques de coníferas. A imponência do lugar decorria sobretudo do círculo perfeito de montanhas soberbas, impressionantes paredões rochosos coroados de neves eternas, mais luminosos que o céu.

Além do desfiladeiro pelo qual Détchèn chegara, outra saída furava a grandiosa depressão: uma senda abrupta conduzia para os altos platôs ao norte da Fortaleza de Neve, na fronteira com o Tibete. Um dia, seria a vez de Détchèn enfrentar esse caminho para se consagrar à mais profunda das aventuras espirituais, o retiro contemplativo, mas ele ainda não sabia nada disso.

Na manhã seguinte, ele se preparou para receber seus primeiros ensinamentos. Na aurora de seu primeiro encontro com Tokdèn Rinpotché, já não mais experimentava a expectativa diante do desconhecido que vivera na véspera, mas uma devoção nascente, feita de admiração e de confiança. Sentia-se como um aprendiz de marceneiro ao qual serão dados os primeiros instrumentos e uma peça de madeira rústica, ou como um jovem agricultor cheio de ardor, ao qual será dado um pedaço de terra.

O cenário permanecia intocado. Tokdèn Rinpotché esperava Détchèn sentado à luz dourada da manhã, como um sábio que nada mais tem a perder ou a ganhar, e sim tudo a dar. Détchèn se prosternou e se sentou aos pés do mestre, no soalho luzidio. O mestre estava concluindo suas orações da manhã. Depois de alguns instantes de silêncio, disse:

– O marinheiro deve atravessar o oceano desde que tenha um barco; o viajante deve cavalgar rumo às regiões remotas desde que disponha de um bom cavalo. Dado que você possui essa preciosa existência humana, pense em percorrer o caminho espiritual, aproximando-se continuamente da libertação do mundo do sofrimento e progredindo para o Despertar último. Reflita bem no sentido da vida humana, tão preciosa, tão frágil. É difícil reunir as condições propícias para o alcance da realização espiritual. É fácil dilapidar a própria vida, dia após dia, em atividades sem fim. Raros são os seres que encontram os ensinamentos do Buda, o Dharma, e mais raros ainda são aqueles que por eles se interessam. Encontrar o Caminho equivale a descobrir uma jóia inestimável: não a desperdice! Utilize-a para realizar todas as suas aspirações e as dos demais. Persevere na prática espiritual!

E assim falando, o mestre olhava para Détchèn com muita energia, da qual emanava, quase fisicamente, uma grande bondade. E ele acrescentou:

– Dedique tempo a isso. Medite sobre esses pensamentos e volte amanhã para me ver.

Détchèn manteve-se ali, sentado por mais alguns instantes antes de se despedir, deixando-se impregnar pelas palavras que acabara de ouvir e pela simples presença do sábio.

E então desceu para o vale e se sentou à beira do regato. As águas vivas caíam em cascata por entre ilhotas relvadas cobertas de neve e envolviam os seixos marrons de faixas transparentes. Ele via a vida se desdobrando, por vezes insignificante na aparência, outras vezes grávida de um futuro incerto: as lavandiscas balançando a cauda à margem do regato, os insetos atarefados, rapidamente levados pela torrente ou esmagados pelos passos distraídos dos humanos. Teria a vida um sentido? Ele nunca pensara nisso. Em sua aldeia natal, a vida consistia em tratar os animais, juntar lenha, passear com seus jovens companheiros. Qual era o sentido disso? Détchèn permanecia perplexo. De repente, uma tristeza inexplicável se apossou dele. Que seria dele? Ele seria feliz? Apesar de todas essas perguntas, que o preocupavam e o deixavam pensativo, ele sentia que as palavras do mestre, assim como as sementes, não deixariam de germinar em seu espírito e de, depois, amadurecer em uma compreensão mais clara e mais abrangente.

❖

No dia seguinte, o mestre ensinou da mesma maneira, sem recorrer a um texto, bebendo diretamente das fontes de sua própria experiência. Ele pronunciou lentamente, três vezes:

– A vida dos seres escorre como uma cascata da montanha. – Depois ficou em silêncio por alguns instantes e finalmente prosseguiu: – Não deixe sua existência transcorrer em vão! A vida é curta, incerta e semeada de obstáculos. Ela passa como a torrente que corre para o mar, como o sol e a lua que deslizam para as montanhas do poente. Quem sabe quanto tempo viverá? Não há tempo a perder. A morte colhe tanto os jovens quanto os velhos. Você e eu podemos muito bem morrer esta noite. A morte é certa, só a hora de cada um é imprevisível. Entre a morte e o amanhã, não sabemos qual deles virá primeiro. Tenha sempre consciência da impermanência das coisas. Quando meditar, isso lhe dará coragem para praticar com assiduidade.

Foi esse o ensinamento do terceiro dia. As instruções de Tokdèn Rinpotché estavam sempre ao alcance de todos. Tanto fazia se ele se exprimisse com firmeza ou mansidão, a profundidade do que dizia falava ao coração de quem quer que fosse, do mais erudito ao mais iletrado.

Détchèn voltou a se sentar no mesmo lugar da véspera, porque amava aquele recanto à margem do rio, e contemplou com um novo olhar a paisagem ensolarada e a água que corria rapidamente, para jamais voltar. Olhando para ela, ele compreendeu que cada instante vale seu peso em ouro. E de repente, a vida passou a lhe parecer infinitamente mais rica!

❖

Nos dias que se seguiram, Tokdèn Rinpotché explicou a Détchèn as leis do carma, como cada pensamento, cada palavra e cada ato provocam conseqüências em termos de felicidade e de sofrimento. Ele lhe explicou o desapego e a renúncia:

– Não é ao que é bom que é necessário renunciar, mas às causas do sofrimento que estão ocultas em nosso próprio espírito: a malevolência, a estupidez, a avidez, a vaidade e o ciúme.

Détchèn compreendia perfeitamente que não podemos ser felizes ao preço do sofrimento dos outros. Tokdèn Rinpotché lhe transmitiu, então, seus ensinamentos sobre a compaixão, que, para ele, constituíam claramente o alicerce de toda prática espiritual:

– Dê provas de bondade e de generosidade; nada mais tem importância. O que não tem como inspiração o bem dos outros não vale a pena ser realizado. Cultive o amor e a compaixão. Essa é uma prática imune a qualquer perigo e isenta de todo desvio possível. Se alguém cair na água e for arrastado pela correnteza do rio, você vai deixar de lhe estender a mão ou ao menos torcer para que ele consiga se agarrar a um ramo? O *samsara* é semelhante a um rio tumultuoso, que arrasta os seres de sofrimento em sofrimento. Seus fluxos são alimentados pela ignorância e pelos demais venenos mentais. As mãos estendidas são próprias da bondade amorosa e da sabedoria, que permitem às vítimas das infinitas vicissitudes da existência alcançarem a margem da libertação.

Quanto mais tempo ele passava na presença de Tokdèn Rinpotché, mais o jovem rapaz via crescer sua admiração e seu amor por seu mestre. Ele era o exemplo vivo dos ensinamentos que transmitia. Sua bondade e sua mansidão fluíam das profundezas de seu ser. As palavras ditas por Jamyang ecoavam em Détchèn:

"Não há quem tenha vontade de deixar o mestre. Todos desejaríamos nos fundir com ele, como um floco de neve que cai em um lago."

❖

Em sua cabana, Détchèn meditava o melhor que podia. Ele jamais duvidou do caminho, mas chegou a duvidar de si mesmo e de sua capacidade de segui-lo. E lhe aconteceu de ser invadido por um profundo sentimento de desencorajamento. O destino era claro, mas seria possível alcançá-lo? Tinha vontade de chorar, de abandonar sua ermida, sentia-se tentado a desistir de todas as suas resoluções e a voltar para sua aldeia natal. Dominado pela tormenta, sentia-se mal consigo mesmo. Mas as dúvidas não duraram muito tempo. Como nuvens sopradas pelo vento, elas logo deixaram espaço para a serenidade, como um céu claro no qual brilhasse o sol de sua prática espiritual. Depois disso, esses momentos de abatimento mais se assemelhavam, para ele, a más lembranças, distorções da realidade no espelho das produções mentais. Sua perturbação passageira diante da amplitude da tarefa e da lentidão de seus progressos suscitava nele uma determinação indomável, semelhante à do escalador que redobra seu empenho ao contemplar a distância que ainda tem de vencer. A partir de então, ele passou a apreciar ainda mais a qualidade de cada instante que passa.

Inicialmente, teve grande dificuldade para domar seu espírito errante. Em sua cabeça, ele dava a volta ao mundo e mantinha diálogos imaginários com seus amigos da aldeia ou com outras pessoas cuja lembrança o irritava um pouco. Era em vão que tentava reduzir seus pensamentos ao silêncio. Parecia-lhe até mesmo que eles tinham o poder de se multiplicar! E, no momento em que achava ter chegado ao fim de seus pensamentos, eles ressurgiam com força, criando cada qual sua própria fantasmagoria, movendo-se dentro dele como as águas de uma torrente impetuosa. Mas à força de tanto perseverar, seu espírito pouco a pouco começou a ficar parecido com um rio amplo e calmo.

❖

Détchèn foi pouco a pouco travando contato com os outros eremitas, que lhe dispensavam uma atenção paternal. Pelo fato de ele ser tão jovem, tornou-se o mascote dos eremitas, que adoravam contrariá-lo, tudo para encorajá-lo em sua prática. Um deles, o lama Dorjé, no começo o intimidara um pouco. Ele usava uma grande barba hirsuta, fato raríssimo entre os butaneses, que geralmente são imberbes, e lançava um grande olhar colérico toda vez que encarava Détchèn. Mas tudo não passava de brincadeira. E, rapidamente, o lama Dorjé explodia de rir. Um dia, para divertir Détchèn, ele lhe mostrou como pegar os *abra*, lindos ratinhos do campo de cor castanha. Ele soprou vigorosamente em uma das aberturas do túnel subterrâneo onde o *abra* se abrigava e mandou Détchèn bloquear a outra saída com a manga de seu manto. Quase instantaneamente, o *abra,* em fuga ao sopro quente e o odor humano, enfiou-se precipitadamente na manga arreganhada. Uma vez preso na armadilha, ele, num primeiro momento, se deixou acariciar sem oferecer resistência, mas terminou por enfiar os afiados dentes na mão de Détchèn, que imediatamente o devolveu à liberdade. O lama Dorjé contou-lhe que os *abra* cavavam numerosos abrigos onde amontoavam seus grãos, mas quase sempre esqueciam onde eles ficavam. Com efeito, no momento de enterrá-los na pradaria, eles olhavam para o céu para marcar sob que nuvem se encontrava seu esconderijo, assegurando-se assim de que os encontrariam facilmente depois.

O *abra* era a presa favorita do *dremong*, uma espécie de grande urso negro. Contam que, depois de ter pegado um *abra*, o *dremong* o escondia debaixo do braço. Para a sorte do animalzinho aterrorizado, quando o urso se apoderava de mais um *abra,* ele resolvia guardá-lo também sob o mesmo braço e, fazendo isso, deixava o primeiro escapar!

Viviam ali também um velho monge tibetano, obrigado a deixar seu país trinta anos antes, quando os chineses o invadiram; e Phuntsok, de 25 anos, que acabara de fugir do "Teto do Mundo" (o Himalaia), trazendo na bagagem apenas uma trouxa com livros raros. Por duas vezes, caiu nas mãos do exército chinês, na tentativa de passar a fronteira, e fora confinado por vários meses a uma prisão, depois de torturado. Um dia, finalmente conseguiu despistar a guarda de fronteira e atravessar os desfiladeiros nevados. Desde então, praticava tranqüilamente a meditação na Fortaleza de Neve.

A mulher da floresta

Certa manhã, enquanto passeava em uma floresta que cobria a encosta sul do vale, Détchèn ouviu uma voz de mulher entoando uma melodia de grande pureza, que era transmitida pelo silêncio do bosque. Embevecido, parou para poder ouvir e entender o sentido das palavras:

Os pensamentos de felicidade e sofrimento, de desejo e aversão,
Não passam de vacuidade luminosa do espírito.
Sem alterar o que surge, olhe sua natureza:
É a grande felicidade.

Guiado pela voz, Détchèn não demorou a distinguir uma pequena ermida na beira da clareira.

No terraço, uma mulher de traços serenos estava sentada, em meditação. Receoso de perturbar a contemplação em que ela se encontrava, manteve-se respeitosamente a distância.

A mulher fez sinal para que ele se aproximasse e o acolheu, abrindo um grande sorriso. Seu olhar luminoso refletia uma mescla de bondade e de certeza a respeito da futilidade das coisas desse mundo. Ela perguntou a Détchèn de onde ele vinha e o que fizera até então. Depois, após um momento de silêncio, disse-lhe:

– Você é jovem, mas com o tempo compreenderá que, apesar de serem à primeira vista atraentes, os prazeres e as seduções do mundo freqüentemente se transformam em amargura. Inversamente, os primeiros passos no caminho espiritual são um pouco duros, mas a viagem se torna cada vez mais agradável à medida que progredimos.

❖

Détchèn se despediu discretamente e, conforme se afastava, o canto ressoava.

O corpo: impermanente, tal como as brumas de primavera.
O espírito: insubstancial, tal como o espaço vazio.
Os pensamentos: evanescentes, tal como a brisa no espaço.
Sem cessar, dê atenção a esses três pontos.

Aquela mulher e a serenidade que emanava tinham impressionado Détchèn profundamente. Ela seguira um caminho bem diferente do das outras aldeãs, submetidas a tarefas contínuas e quase sempre maltratadas por maridos bêbados. Surgiu em Détchèn uma crescente admiração pelo caminho espiritual e, ao voltar às ermidas, tentou se informar sobre a história da eremita.

❖

O lama Dorjé contou que ela viera da aldeia de Doumré, que ficava a dois dias de caminhada da Fortaleza de Neve. Sonam Wangmo, "Força do Merecimento", era a mais velha de uma família de seis filhos. Ainda muito nova, viu-se obrigada a cuidar dos irmãos mais novos e se responsabilizar pelos trabalhos da casa. Aos dezesseis anos, seus pais desejaram dá-la em casamento. O casamento traria mais um homem para aquela casa (às vezes, as jovens recém-casadas iam se integrar a suas novas famílias, mas também era freqüente que o jovem recém-casado viesse a fazer parte da família da mulher). Sonam Wangmo era muito bonita, e pretendentes não faltavam. Nas tardes de verão, alguns deles não hesitavam em entrar disfarçadamente pelas janelas do celeiro para surpreendê-la dormindo, obedecendo a um costume muito comum entre os jovens dos campos butaneses. Alguns dentre eles chegavam até a despertar o interesse dela, mas a visão das avós desdentadas sentadas nos pórticos das casas, a visão de sua própria mãe, prematuramente envelhecida por uma vida de duros trabalhos, e a convivência com homens dominadores que ditavam a vida da comunidade não lhe davam a menor vontade de seguir os passos de suas avós.

Certo dia, um lama passou pela aldeia, acompanhado de alguns discípulos, todos a caminho da Fortaleza de Neve. Sonam Wangmo não ousou abordá-lo, mas entrou com as outras crianças no círculo que se formou em torno dele e o observou, com uma curiosidade respeitosa, enquanto seus parentes e vários aldeões ofereciam chá e alimentos ao lama. Depois, todos receberam a bênção do lama e lhe desejaram longa vida e boa viagem. A lembrança desse visitante, que era justamente Tokdèn Rinpotché, manteve-se viva no espírito da jovem.

Seu tio e sua tia tinham narrado a ela a história da temporada que passaram na Fortaleza de Neve, onde receberam os ensinamentos do mestre. Eles falaram da vida lá no alto, uma vida que parecia muito mais promissora que aquela que a esperava na aldeia. Ela não apenas escaparia à servidão da vida cotidiana, como lhe seria oferecida a possibilidade de um profundo desabrochar. Dedicar-se à contemplação é uma opção respeitada que muitas mulheres fazem no Butão, mas não se esperava que uma linda jovem como Sonam Wangmo tomasse tal decisão. Contudo, um belo dia, quando um grupo de peregrinos se preparava para subir para a Fortaleza de Neve, ela aproveitou e pediu a seus pais permissão para acompanhá-los. Sua aspiração obteve o consentimento de todos. E, de fato, a excursão, que estava prevista para poucos dias, revelou-se sem retorno.

Ao chegar à Fortaleza de Neve, Sonam Wangmo logo se sentiu completamente em casa, perfeitamente à vontade. Ela experimentou o sentimento redentor de ter escapado de um impasse. E quando esteve na presença de Tokdèn Rinpotché, seu coração se abriu completamente. As poucas palavras que ele pronunciou naquele dia ficaram flutuando por um bom tempo em sua cabeça, como uma música da qual se gosta muito. E ela logo tomou uma decisão: não voltaria para a aldeia. Às vésperas de sua partida, anunciou a seus companheiros de viagem que desejava permanecer por mais algum tempo ao lado do mestre.

– Digam a meus pais que não se incomodem. Tudo dará certo.

Assim que eles partiram, ela passou a experimentar uma maravilhosa doçura.

Tokdèn Rinpotché foi, a um só tempo, pai e mãe para ela. Sonam Wangmo amava profundamente seus pais biológicos, mas sabia que, por mais benevolentes que fossem, eles não poderiam oferecer à filha a sabedoria que ela encontrara junto a seu mestre.

A jovem permaneceu durante alguns meses ao lado do sábio, recebendo seus ensinamentos e, depois, por conselho dele, instalou-se na pequena ermida da floresta. E já se tinham passado cinco anos que ela vivia ali. Seus pais e alguns dos irmãos e irmãs, às vezes, vinham visitá-la, carregados de provisões e de uma capa dupla de longos filamentos de lã, para que ela pudesse encarar os rigores do inverno. Eles ficavam durante alguns dias, alegres de ver a jovem tão realizada. Depois partiam confortados, cheios de secreta admiração por sua força e pela opção que tomara.

Lama Dorjé contara tudo em um só fôlego. O velho eremita e o jovem rapaz permaneceram pensativos, meditando sobre a sorte de todos esses seres que os fluxos da vida arrastam dia após dia, como palha agitada por um rio; eles mensuravam a felicidade daqueles que tinham tido a boa oportunidade e a determinação necessárias para realizar suas aspirações mais profundas. Détchèn foi arrancado de seus sonhos quando a cortina da porta foi movida. Jamyang lhe anunciava que Tokdèn Rinpotché o chamava.

❖

A noite caíra. Uma lamparina a óleo iluminava fracamente o rosto do mestre. Diante de sua mesa, um pequeno braseiro ardia. Citando um sábio de outrora, Tokdèn Rinpotché disse a Détchèn:

– Podemos fazer manteiga com o leite porque este já traz em si o creme, mas ninguém jamais conseguiu manteiga desnatando a água. O garimpeiro busca o ouro nas pedras, não em meio às árvores. Desse mesmo modo, esforçar-se para alcançar o estado de Buda só tem sentido porque a natureza de Buda é inerente a todos os seres. Sem essa natureza, todo esforço seria vão.

E prosseguiu:

– Mas não basta tomar consciência do potencial que todos nós temos; é necessário ainda fazê-lo frutificar. Só o calor de uma resolução entusiasta pode derreter a ganga que cerca nosso ser e permitir ao ouro do estado de Buda brilhar com todas as suas luzes. Esse cuidado dever ser constantemente nutrido pela confiança na sabedoria do mestre e pela certeza de que sua compaixão não abandona nunca o discípulo.

Depois de certo tempo de silêncio, ele sorriu para Détchèn, dizendo:

– Já faz mais de um ano que você vive a meu lado. Apesar de sua juventude, você deu provas de determinação e de constância em seu desejo de praticar o Dharma. Você acredita em seu mestre e nos ensinamentos do Buda. Penso que já é tempo de você ir fazer um retiro na montanha. O que acha de ir a Néuring, para a gruta da "Rainha do Mar de Sabedoria", próxima aos dois lagos sagrados, o lago Branco e o lago Negro? Você ficaria lá no alto o tempo que fosse necessário para fazer sua prática avançar. Eu estarei atento a todas as suas necessidades. Lembre-se das palavras do Buda: "Eu lhe mostrei o caminho da libertação, mas cabe a você percorrê-lo."

Détchèn aceitou alegremente. Apreciava na medida exata a importância daquele momento e sentia uma mistura de exaltação e de solenidade diante da aventura que o esperava. Ele se comportava como o marinheiro que, pela primeira vez, vai partir sozinho para o mar como capitão de seu navio, contando apenas consigo mesmo tanto na calmaria quanto na tormenta. Sentia uma imensa gratidão para com aquele que o conduzira a essa margem, aquele cujos ensinamentos e bênçãos continuariam a guiá-lo ao longo da travessia.

Naquela noite, quando Détchèn se despediu, Tokdèn Rinpotché impôs as mãos demoradamente sobre sua cabeça, orando para que o rapaz estivesse livre de todo obstáculo exterior e interior e que gozasse do fruto de sua prática espiritual. Cheio de confiança em seu mestre, adormeceu imaginando os lagos e o espaço imenso.

❖

Ele despertou no dia seguinte animado por uma energia nova, e uma sensação de leveza que lhe dava vontade de cantar, de pular, de sair voando. Ficou combinado que Jamyang, o lama Dorjé e dois outros eremitas o acompanhariam até a gruta de Néuring para ajudá-lo a se instalar e para levar provisões. Era necessário levar em conta que, durante os meses de inverno, a neve isolaria Détchèn do resto do mundo. Sua partida ficou marcada para a semana seguinte, no décimo dia do quinto mês lunar, depois da celebração anual do nascimento de Padmasambhava.

Por ocasião dessa cerimônia, presidida por Tokdèn Rinpotché, todos os eremitas do vale, com exceção daqueles que tinham feito votos de jamais deixar a própria cela, se reuniram para celebrar durante todo um dia um magnífico ritual de oferendas, pontuado por meditações cantadas e pela recitação de mantras. Encontravam-se entre eles meditadores, homens e mulheres, que Détchèn ainda não conhecia e que tinham descido das ermidas suspensas nos contrafortes da Fortaleza de Neve. Sonam Wangmo, a grande meditadora da floresta, também veio e foi generosa em conselhos e encorajamentos a Détchèn. Foi uma festa espiritual bela e alegre. Generosas oferendas de alimento, de flores, de incenso e de água perfumada com açafrão foram apresentadas diante do altar. Os cantos, nos quais se mesclavam as vozes graves dos homens e as vozes altas e melodiosas das mulheres, sucederam-se durante todo o dia. O sentimento de comunhão espiritual que emanava do mestre e dos discípulos reforçava a confiança e a força interior de Détchèn: ele se sentia com mais coragem que nunca para dar início a seu retiro na montanha. Ele tinha a real dimensão da sorte de ter encontrado um mestre espiritual e companheiros de tamanha qualidade.

Détchèn juntou seus poucos pertences em uma grande trouxa. Pouco antes da partida, foi oferecer uma estola cerimonial de seda branca a Tokdèn Rinpotché e recebeu, uma última vez, sua bênção. Tokdèn Rinpotché lhe deu uma bela capa de lã que ele mesmo tinha usado durante alguns meses. Quando Détchèn a vestisse em sua gruta, sentiria de maneira palpável a presença de seu mestre. Os eremitas, por sua vez, deram-lhe pequenos presentes na forma de alimentos, que eram acompanhados de suas orações e de seus votos de um retiro fecundo. Depois, Détchèn e seus quatro amigos puseram-se a caminho.

❖

O sol da manhã iluminava a trilha escarpada, que eles escalaram em poucas horas. Depois, atravessaram os altos platôs e, por fim, alcançaram os dois lagos. Um pouco acima do lago Branco, perdido na sedimentação das rochas, abria-se a gruta onde Yéshé Tsoguial, "Rainha do Mar de Sabedoria", a companheira espiritual de Padmasambhava, se entregara demoradamente à ascese e à meditação. Ao ver a gruta, Détchèn se lembrou do poema de um mestre do passado que Jamyang copiara para ele:

Se tu aspiras à solidão das montanhas,
Grutas acolhedoras se abrem no flanco das falésias
Sob os cumes enfaixados de bruma.
Morar nesses retiros é fonte de uma indizível alegria, temporal e última.

Os peregrinos depuseram seus fardos na entrada da gruta e acenderam uma fogueira, que estava ali, morta, para preparar o chá. Logo depois, já restaurados, começaram a arrumar a gruta, que estava desabitada havia muito tempo. Lançando mão de pedras lisas, reconstruíram a parede derrubada que fechava a entrada, arrumando uma lucerna e uma porta baixa diante da qual suspenderam um pano grosso. Em seguida, juntaram uma boa quantidade de madeira seca, que empilharam em uma cavidade próxima. Por fim, e não sem alguma apreensão, deixaram Détchèn, depois de fazerem seus últimos votos de progresso espiritual. Mas eles sabiam que Détchèn tinha a têmpera de um bom meditador e não se inquietaram além da medida.

O retiro na gruta

Depois que eles se foram, Détchèn não podia sentir alegria maior. Ele contemplava, maravilhado, sua pequena gruta e a paisagem ao redor, cuja imensidão lhe dilatava o peito. Dali por diante, estaria sozinho com sua prática espiritual, sozinho com os dias e os meses que se ofereciam a ele como um campo fértil se oferece ao agricultor. A presença de seu mestre alimentaria cada instante, sem que nenhuma outra preocupação viesse invadir o seu espírito.

Ele arrumou um pequeno espaço num canto da gruta, afastando as pedras e os galhos secos. Depois, fez um leito de erva seca, sobre o qual estendeu seu tapete de feltro e a capa de Tokdèn Rinpotché. Em um nicho do rochedo, instalou uma estatueta de Padmasambhava que lama Dorjé lhe dera e dispôs algumas oferendas em torno dela.

Depois se sentou, com o tronco ereto, e formulou a seguinte promessa:

– De acordo com os conselhos de meu mestre, seguirei em minha prática até que nasçam em mim experiências de meditação e uma realização espiritual profunda e durável. Terei como companhia apenas a solidão, e os ensinamentos de meu mestre serão os meus únicos pensamentos.

Ele se encontrava no mesmo estado de espírito de um artesão que está prestes a realizar sua obra-prima. Era o início da tarde, já perto do fim do verão. O sol banhava a entrada da gruta e aquecia as lajes do rochedo. Détchèn saiu para se sentar diante de sua nova morada, saboreando a plenitude do momento. E ali formulou o seguinte voto, do fundo de seu coração:

– Que, tanto nesta vida como nas próximas, eu possa continuar a avançar no caminho do Despertar e dedicar até mesmo a mais ínfima parcela de mim ao bem dos seres.

E continuou com a oração seguinte:

Se eu permanecer saudável,
Utilizarei minhas forças para me devotar à prática espiritual.
Se eu cair doente,
Utilizarei meus males para aumentar minha compaixão para com os que sofrem.
Se eu viver muito,
Utilizarei cada instante para realizar o bem dos outros e o meu próprio.
Se minha vida chegar a seu fim,
Viverei o melhor possível a hora de minha morte para obter um renascimento favorável à busca do Despertar.

E começou seu retiro naquela mesma tarde.

❖

Dia após dia, ele foi mergulhando cada vez mais na prática, meditando inicialmente algumas horas por dia, depois aumentando progressivamente o tempo, até realizar quatro longas sessões de prática: uma antes do alvorecer, a segunda de manhã, a terceira à tarde e a última depois de caída a noite.

❖

Ao despertar, ele se sentava com o tronco ereto, porque uma postura corporal equilibrada facilita a concentração e evita sucumbir tanto ao torpor como à excitação mental, os dois maiores defeitos que prejudicam a clareza e a estabilidade da meditação. Ele iniciava pela invocação das bênçãos de Tokdèn Rinpotché e dos mestres da linhagem espiritual. Desse modo, suscitava em si uma profunda devoção que, freqüentemente, o levava às lágrimas. Depois, reavivava seu cuidado pensando na impermanência de todas as coisas, na fragilidade da vida humana e na necessidade de lhe dar um sentido. Os seres vivos são bilhões, mas quantos deles tomam consciência do valor de sua existência? E, entre esses, quem se compromete na prática, quantos persistem e atingem o Despertar? Esses últimos são tão poucos quanto as estrelas da aurora.

Détchèn também sentia de modo muito intenso a

extrema vulnerabilidade da vida, o que a tornava tanto mais preciosa. Ele compreendeu que o mundo comum só levava a satisfações efêmeras e limitadas e que o círculo vicioso do *samsara* não se romperia por si mesmo. Era preciso subtrair-se a ele e, nesse sentido, desenvolver a mesma determinação de um prisioneiro que só pensa em fugir.

Parecia-lhe evidente que não se tratava simplesmente de fazer qualquer coisa para alcançar esse propósito: todo ato tem conseqüências, que dependem da intenção e da atitude que a inspiram. Para desenvolver uma vigilância contínua, ele devia tomar plena consciência de que o sofrimento é resultado dos atos nocivos e que ele só tende a crescer enquanto agimos de forma negativa. Ele tinha de distinguir claramente os atos positivos dos atos negativos, realizar os primeiros e se guardar dos segundos, por mais inofensivos que fossem. Agora estava convencido de que todo ato, toda palavra e todo pensamento, mesmo os mais ínfimos, deviam ser dedicados ao bem dos seres.

Refugiava-se no Buda, em seu ensinamento e na comunidade de todos aqueles que seguem o caminho do Despertar. A partir do mais profundo de seu ser, desenvolvia a compaixão e o amor altruísta. Depois, acima de sua cabeça, visualizava Vajrasattva, o Buda da purificação, brilhante como uma montanha nevada atingida por mil sóis. Um néctar escorria de seu corpo, purificava Détchèn de todas as suas manchas e dissipava os véus de sua ignorância. Em seguida, Détchèn oferecia mentalmente aos Budas do passado, do presente e do futuro todas as maravilhas do universo: jóias preciosas, florestas e montanhas, flores e essências medicinais, amontoadas no espaço. Ele unia seu espírito ao de seu mestre e permanecia, o máximo de tempo que conseguia, na perfeita equanimidade dessa fusão espiritual. E nunca deixava de concluir essa sessão de prática espiritual com a dedicação dos benefícios de sua meditação a todos os seres.

Ao alvorecer, restaurava-se com *tsampa* ou arroz pilado embebido de chá quente.

Durante a manhã, consagrava-se às múltiplas visualizações de divindades que simbolizam os diversos aspectos do Despertar e à recitação de mantras. Desse modo, aprendia a desenvolver uma visão pura do mundo e dos seres. Cada forma se transformava em uma deidade, cada ruído, no som de um mantra, e cada pensamento, em um reflexo da sabedoria. Depois de ter tomado um café-da-manhã bem simples, lia as vidas dos mestres do passado ou ensinamentos que lhe servissem de inspiração.

À tarde, deixava-se absorver pela natureza do espírito, ou seja, pela presença desperta, límpida e luminosa que se manifesta a partir do momento em que a tela dos pensamentos se dissipa no céu da simplicidade. Quando caía a noite, recitava numerosas orações pelo bem de todos os seres e depois ia dormir, unindo de novo o próprio espírito ao de seu mestre.

Détchèn estava confiante: se praticasse com energia, dia após dia, mês a mês, as qualidades espirituais se desenvolveriam nele como o mel que se acumula na colméia à medida que a abelha vai de flor em flor. E foi assim que ele praticou durante todo o verão. Saber que a grande *yogini* Yéshé Tsoguial meditara naquele lugar era uma grande fonte de inspiração. Geralmente se diz que um mês de meditação em um lugar abençoado por um mestre do passado permite fazer tanto progresso quanto em um ano que se passe em outro lugar qualquer. Ali, nem um só instante era comum. Além dos períodos de meditação, durante o repouso, as refeições ou em qualquer outra atividade mais simples à qual Détchèn se dedicasse, a inspiração do lugar atuava como uma presença invisível. Esse sentimento era reforçado pelos traços palpáveis da passagem da santa: o forno de pedra no qual ela acendia o fogo, o recanto de arrumação simplicíssima no qual ela se sentava e até mesmo o murinho de pedras que fechava a gruta.

❖

Détchèn gostava muito de caminhar pelas cercanias. Às vezes, saía e ia se sentar ao sol em um grande rochedo plano acima do lago Branco, para armazenar um pouco de calor. Ao norte da gruta, estratificações de pedras despencavam em queda brusca no lago. A leste, se desdobrava uma sobreposição de cadeias de montanhas, cujos picos mais remotos se fundiam no azul profundo do céu. Adiante, ao sul, o cascalho dava lugar a um declive gramado semeado de azaléias em flor. Aqui e ali, o canto de um pintassilgo das neves, os gritos de um casal de gralhas ou o de uma marmota realçavam a perfeição do silêncio.

❖

Um dia, Détchèn contemplou demoradamente uma borboleta pousada sobre uma flor, que balançava mansamente ao sabor da brisa. Num momento, sem motivo aparente, ela ia de flor em flor; noutro, voava, flutuava daqui e dali e tornava a desdobrar suas belas asas azuis sobre o pistilo laranja. Esse comportamento, várias vezes repetido, evocou para Détchèn as instruções que Tokdèn Rinpotché lhe dera sobre o modo de estabilizar o espírito:

"Comece por observar o vaivém de sua respiração. Depois de uma dúzia de inspirações e expirações, seu espírito se acalmará um pouco. Concentre-se em um objeto externo, uma imagem do Buda, por exemplo, ou mantenha seu espírito centrado sobre si mesmo. E se perceber que está distraído por novos pensamentos, retorne ao objeto de sua concentração, assim como a borboleta busca a flor. Se seu espírito se cansar e sua concentração falhar, simplesmente deixe-o repousar em seu estado natural, preservando a liberdade interior, sem encorajar os pensamentos nem tentar eliminá-los. Contemple a própria natureza do espírito. Você vê alguma forma, alguma cor, uma localização qualquer? Se não encontrar nada, deixe-se ficar, relaxado, nesse 'inencontrável'. Deixe os pensamentos se desfazerem à medida que eles se formam, como se se tratasse de um desenho traçado por um dedo na superfície da água. Noutras vezes, deixe nascer em si um poderoso sentimento de benevolência e de incondicional compaixão por todos os seres e permita a esse sentimento invadir todo seu espírito. Ao final, dedique os benefícios dessa prática a todos os seres. Desse modo, pouco a pouco, no decorrer dos dias e dos meses, seu espírito se tornará cada vez mais claro e mais estável. Ele não se deixará mais levar como antes pelas ondas dos pensamentos negativos que minam a sua paz interior. Ele se tornará livre dos fluxos de pensamentos que nos puxam, impotentes, para a avidez, o ódio e o sofrimento."

Foi dessa forma que Détchèn aprendeu a trabalhar seu espírito, assim como alguém alonga o próprio corpo ou como se prepara a terra antes do plantio. Alguns meses se passaram na paz da prática espiritual.

❖

Por fim, vieram as primeiras neves. Détchèn se preparou para ficar completamente isolado do mundo. Se, durante o verão, raros peregrinos subiam até ali em romaria ao lugar santo de Yéshé Tsoguial, no inverno nenhum ser humano conseguia subir até lá.

Faria o frio mais rigoroso, mas a gruta era bem protegida pela massa do rochedo e era tão pequenina que o ar se aquecia assim que Détchèn punha a água do chá para esquentar.

Certa manhã, mergulhado em sua meditação, com os olhos semicerrados, Détchèn teve o sentimento de que algo estaria se passando – talvez, inconscientemente, ele tivesse ouvido um ruído. Levantou a cortina da porta e saiu. A uns cinqüenta metros dele, perto da fonte que nunca congelava (nem mesmo no ápice do inverno), uma pantera das neves bebia água, acompanhada de seus dois filhotes, nascidos na primavera. Ela não viu Détchèn, que, perfeitamente imóvel, a observava com profunda fascinação. Esse felino feroz e raro evita a presença do homem e, normalmente, só sai à noite. Mesmo nunca tendo ouvido falar de acidentes, Détchèn estava um pouco receoso.

A mãe e seus filhotes foram embora depois de uns dez minutos. E quando partiram na direção oposta, para o outro lado do lago, Détchèn não conseguiu resistir à vontade de manifestar a própria presença e gritou:

– Olá!...

As três cabeças se voltaram instantaneamente, e os animais ficaram imóveis, com o olhar fixado na gruta. Depois de um intervalo de tempo que pareceu a Détchèn uma eternidade, a mãe retomou a marcha e, seguida pelos filhotes, foi-se embora como se nada tivesse acontecido.

Esse encontro trouxe à memória de Détchèn uma história que lhe fora contada por lama Dorjé:

Um grande mestre, chamado Jamyang Khyentsé Wangpo, viera do Tibete para meditar nesta mesma gruta de Yéshé Tsoguial. Ele estava acompanhado de um discípulo, e os dois deveriam passar o inverno na caverna, isolados pela neve. Um dia, sem mais nem menos, o lama dissera ao discípulo:

– Esconda-se atrás de mim e não se mexa por nada.

Depois, ele se envolveu em sua grande capa marrom e, sentado bem ereto, entrou imediatamente em concentração profunda, com os olhos escancarados. O discípulo se mantinha atrás de seu mestre, quase inteiramente escondido pela capa. De repente, na entrada da gruta, um ruído se fez ouvir e, coisa inimaginável naquele lugar, em pleno inverno, um tigre apareceu. Ele veio e parou diante do lama e ficou olhando para ele, rugindo em atitude furiosa e balançando nervosamente a cauda. Imperturbável, o sábio meditava e mantinha a expressão nobre e insondável. Depois de um pouco de tempo, que para o discípulo pareceu um século, o tigre soltou um rugido poderoso, com a grande boca completamente arreganhada. E depois, dando as costas, se retirou. Foi quando o mestre disse ao discípulo:

– Pode se mexer, não vai acontecer mais nada.

Mais tarde, ele explicou a seu discípulo que não se tratava de um tigre comum, mas de uma manifestação da divindade guardiã do lugar sagrado, que viera, a seu modo, fazer as honras ao grande lama, pondo-o à prova.

Détchèn se perguntava como reagiria se viesse a passar por situação semelhante... Quem sabe, um dia, um tigre viesse lhe fazer uma visita? No Butão, felinos foram vistos vagando a mais de quatro mil metros de altitude, ou seja, apenas um pouco mais baixo que Néuring.

❖

A meditação de Détchèn progredia. O isolamento, aumentado pela neve, reforçava sua concentração e seu aprofundamento. Liberado das preocupações do mundo ordinário, ele só tinha pensamentos para a própria prática. Acontecia até mesmo de permanecer por longos momentos absorvido na natureza de seu próprio espírito. Às vezes, renovava a inspiração com a leitura de alguns conselhos e cânticos de Despertar deixados por contemplativos de destaque, tais como:

A irradiação da consciência desperta, livre de arrazoados,
É diretamente percebida para além do intelecto.
Possa eu ser preservado de atar o céu com o laço da investigação
E me aprimorar em permanecer espontaneamente no estado natural!

❖

Outras vezes, seu espírito era invadido por uma devoção doce e poderosa para com seu mestre, sentimento que o invadia de calor e de felicidade. Era como escreveu um desses mestres:

Quando brilha
Sobre os cumes nevados dos quatro corpos do mestre,
O sol da ardente devoção faz jorrar a torrente das bênçãos:
Gera, portanto, um fogo ardente.

❖

Em muitas ocasiões, Détchèn dissolvia seu espírito limitado no vasto Despertar do mestre e repousava serenamente nessa união. Em determinados momentos, a presença de seu mestre era tão viva que lágrimas de alegria e de reconhecimento brotavam dos olhos.

❖

A primavera acabou se impondo ao inverno. As neves começaram a se derreter, as perdizes brancas saíram de seus esconderijos, e as marmotas despertaram de seu sono invernal. Aqui e ali, flores furavam o solo degelado; a natureza voltava a respirar.

Chegou para Détchèn o tempo de se dedicar a uma prática que lhe fora transmitida por Tokdèn Rinpotché e que consistia em extrair, por meio da meditação, a essência dos elementos naturais. Ele passou a se exercitar seguindo uma paleta de visualizações, durante as quais se imaginava absorvendo a força elementar das florestas, das montanhas, dos oceanos e do céu. No decorrer de um mês, Détchèn viveu, primeiro, da essência de flores e de plantas medicinais, depois de minerais e, por fim, da essência do céu, que ele respirava como se fosse um nutriente. É de se notar que ele praticamente não emagreceu. Ao contrário, sentia-se pleno de vigor e mantinha o espírito claro e lúcido. E se lembrou do seguinte poema de um iogue de outrora:

Assim como o leão das neves não teme o frio das
montanhas,
Como o abutre não despenca do céu
E como o peixe jamais se afoga,
O praticante não pode morrer de fome.

❖

E ali pelo mês de junho, durante certa tarde, ele viu se aproximando ao longe um homem que vinha na direção de sua gruta. Aquela silhueta lhe parecia familiar. Quando ela se aproximou, ele reconheceu Phuntsok, o jovem monge que fugira do Tibete alguns anos antes. Por que estaria ele passando para vê-lo, se sabia que Détchèn vivia em retiro?

Phuntsok trazia uma carta de Jamyang. E a carta dizia, em poucas palavras, que Tokdèn Rinpotché não ia bem de saúde e que ele, Jamyang, achava que Détchèn devia voltar para junto do mestre.

Détchèn entrou em desassossego e passou a sentir um profundo desejo de rever seu mestre. Naquela mesma noite, Phuntsok acampou em uma gruta vizinha, depois de os dois terem combinado que desceriam juntos da montanha na manhã seguinte. Bem antes da aurora, Détchèn concluiu seu retiro com uma cerimônia de oferendas e formulou do fundo de seu coração preces pela longa vida de Tokdèn Rinpotché e de todos os detentores dos ensinamentos do Buda. Depois, ajudado por Phuntsok, embalou alguns de seus pertences, e os dois se puseram a caminho. Pouco antes de a gruta e o lago desaparecerem de seu campo de visão, Détchèn se voltou para contemplá-los pela última vez, fazendo votos de poder consagrar o resto de sua vida à prática espiritual.

O corpo de arco-íris

A descida foi rápida, e os dois homens logo, logo tiveram a visão do templo. Détchèn se reuniu a seus amigos, que estavam na sala comum. Eles mantinham um semblante grave e falavam em voz baixa. Um mês antes, Tokdèn Rinpotché caíra de cama e seu estado se agravara. Depois de ouvi-los, Détchèn subiu para o templo e chegou à presença de seu mestre. Quando se prosternou diante dele, Détchèn imediatamente percebeu que o rosto de Tokdèn Rinpotché estava extenuado. Mesmo assim, o mestre acolheu Détchèn com um grande sorriso e o abençoou calorosamente. Détchèn perguntou por sua saúde. Rinpotché respondeu que já estava muito avançado em anos e que seu corpo ilusório iria logo mais sofrer a lei da impermanência. Por isso é que ele havia pensado que seria bom que Détchèn voltasse para perto dele, a fim de receber seus últimos conselhos. Ele pediu a seu discípulo que lhe fizesse um relato do retiro e pareceu satisfeito com o que ouviu.

❖

Depois de ter voltado, Détchèn visitava Tokdèn Rinpotché várias vezes ao dia. Ele permanecia sentado em sua presença e participava de algumas conversas que ali se davam; quase todas tinham como eixo a prática espiritual. Era nesses momentos que Tokdén Rinpotché dava a Détchèn muitos conselhos e indicações sobre os exercícios contemplativos que ele deveria realizar no futuro.

❖

Uma tarde, enquanto o mestre e o discípulo se encontravam sentados ao sol, sozinhos, na pequena pradaria diante do templo, à beira do declive, um arco-íris se formou acima da cortina sombria da chuva que encobria o fundo do vale. Tokdèn Rinpotché fez a seguinte observação:

– Olhe bem para o arco-íris. Ele se faz presente, com suas cores ricas e suntuosas, e, mesmo assim, é impalpável. Ele brilha no espaço, mas não é diferente do espaço. Ele parece existir por si mesmo, mas, se atrás de você o sol deixar de brilhar, ele se esvaece sem deixar o menor resquício. Na verdade, ele é o resultado da reunião efêmera de numerosas causas e condições. Assim como ele, o mundo é uma rede infinita de relações que aparecem de vários modos. E o mesmo acontece com seu espírito. Seus pensamentos parecem ser concretos e obrigatórios, mas, se você os examinar atentamente, eles não são mais consistentes que esse arco-íris. Por isso é vão tanto se apegar a nossas sensações quanto correr atrás do arco-íris para dele fazer o próprio manto. Sempre considere que tudo o que você vê, ouve, sente, saboreia ou toca é semelhante a um arco-íris, ao reflexo da lua na água ou a uma imagem em um espelho. Reconhecer a natureza última do espírito, o Despertar, a consciência pura, livre de fabricações mentais, é realizar o estado de Buda; não reconhecê-la é permanecer na ignorância. Discípulo bem-amado, que a duração de sua vida se iguale à de sua prática!

Détchèn assimilara as palavras de seu mestre como gotas de néctar.

Contudo, Tokdèn Rinpotché ia definhando a cada dia. Logo, já não conseguia mais se levantar. Todos os eremitas da Fortaleza de Neve se reuniram para realizar, de manhã e à tarde, cerimônias dedicadas à longa vida de seu mestre. Um dia, Tokdèn Rinpotché os convocou ao templo para lhes ministrar um ensinamento:

– Assim como se vão os dias e as noites, a vida escorre inexoravelmente. Não é um milagre dormir e, depois de ter dormido, despertar vivo? Esta vida é mais frágil que uma bolha na água. Pensar que você vai primeiro terminar todo trabalho iniciado e depois se consagrar ao Dharma é infantil. É preciso entender que não temos tempo a perder, como se tivéssemos sido tocados no coração por uma flecha. Sem isso, estamos arriscados a nos perdermos no pântano das ilusões do mundo, nas preocupações comuns ligadas à alegria e ao sofrimento, ao ganho e à perda, aos louvores e à censura, ao renome e ao anonimato. Sejam vigilantes em sua prática e em cada uma de suas ações, mantenham suas consciências em vigília o tempo todo, estejam vocês andando, sentados, comendo ou dormindo. Vocês devem chegar ao estado descrito pelo grande Milarépa:

Aterrorizado pela morte, fui para as montanhas.
À força de tanto meditar acerca de sua hora incerta,
Conquistei o bastião imortal do Imutável.
Atualmente, meu medo da morte ficou para trás!

"E, acima de tudo, cultivem o amor altruísta e a compaixão. Com o espírito pleno de amor, ponham-se a serviço dos seres, em pensamento e em ato. Em especial, não se alimentem das vidas dos outros. Para quem está impregnado de compaixão, consumir carne é tão lamentável quanto uma mãe que devorasse a carne de seu próprio filho. Como pode ser justo matar criaturas desarmadas e inofensivas?

"Qualquer que seja a atividade que vocês empreendam, dediquem-na ao bem dos seres. E, assim que terminarem sua tarefa, ofereçam a eles os méritos que tiverem alcançado. Desse modo, seus atos produzirão benefícios a longo prazo. Depositada sobre uma pedra quente, uma gota d'água se evapora em poucos instantes; lançada em um lago, ela dura séculos.

"Há quem confunda facilmente uma simples estimativa da natureza última do espírito com uma realização perfeita. Não sejam impacientes, não se deixem enganar por umas poucas experiências de meditação, meditem simplesmente até seu último suspiro. Unam sem cessar seu espírito ao de seu mestre e mantenham-se naturalmente na perfeita simplicidade dessa união. É a essência de toda prática espiritual, e é o que lhes permitirá reconhecer a natureza última do espírito."

❖

Todos os discípulos reunidos percebiam claramente que estavam ali a receber o último ensinamento de seu mestre. Cada instante era como uma pepita de ouro que se fundia lentamente com seus corações. Quando a instrução terminou, permaneceram em silêncio por alguns instantes; depois Tokdèn Rinpotché fez um sinal para que se despedissem. Lentamente, passaram um a um diante dele e, com os olhos marejados, receberam sua bênção.

Todos juntos, os eremitas lhe suplicaram que permanecesse neste mundo para o bem dos seres. Tokdèn Rinpotché respondeu que sem dúvida permaneceria entre eles até o décimo dia do mês lunar, dedicado a Padmasambhava, mas que, além dali, nada poderia prometer.

Os discípulos saíram respeitosamente, recuando com lágrimas nos olhos, de mãos postas sobre o coração, rezando para que a vida de seu mestre fosse prolongada e, se não o fosse, que eles pudessem reencontrá-lo, vida após vida, até atingirem o Despertar.

❖

No décimo dia do mês, foi preparada uma grande cerimônia de oferendas. Tokdèn Rinpotché pediu que ela tivesse lugar na sala comum, junto às ermidas. Desejava permanecer só, em meditação. Ao final da cerimônia, os discípulos enviaram lama Dorjé para apresentar uma última solicitação ao mestre, a fim de que ele permanecesse vivo. Tokdèn Rinpotché a recebeu sorrindo e acenou com a cabeça sem nada dizer.

Quando caiu a noite, Tokdèn Rinpotché anunciou a Tendzin, seu servo fiel e que o assistia havia mais de vinte anos, que queria ficar só e não ser perturbado. Tendzin foi fechar a porta exterior, e ninguém poderia abri-la durante os próximos sete dias. E como não ousava fazer perguntas nem contradizer as ordens de seu mestre, Tendzin ajudou Tokdèn Rinpotché a se sentar e a se envolver em sua grande capa de lã. Depois, retirou-se em passos curtos, com o coração pesado. Antes de atravessar o limiar, ele contemplou seu mestre por uma última vez, o qual, apesar de toda sua fraqueza, sentara-se completamente ereto em posição de lótus, com os olhos completamente abertos, fixos no espaço à sua frente.

Tendzin fechou a porta, fixou firmemente o trinco de madeira e depois, após permanecer ali por alguns minutos, sozinho na noite estrelada, consciente da importância do momento, desceu em direção às ermidas para comunicar aos discípulos as instruções do mestre.

❖

Durante sete dias, os eremitas, homens e mulheres, dividiram seu tempo entre meditações e cerimônias votivas. De manhã e à noite, recitavam orações em volta do templo onde Tokdèn Rinpotché entrara em meditação.

Détchèn, por sua vez, ficava a maior parte do tempo sentado em uma pequena cornija gramada ao lado do templo, entregando-se à meditação de "união com a natureza do mestre espiritual". Ao cabo de cinco dias, ele foi tomado de um irresistível desejo de saber o que estava acontecendo com seu mestre. Nem passava pela cabeça dele ousar abrir a porta, mas, num momento em que não havia ninguém por perto, aproximou-se de uma janelinha através da qual se podia ver o interior, entre as duas bandas da cortina. E o que ele viu o deixou boquiaberto e o encheu de deslumbre e maravilhamento. O corpo de Tokdèn Rinpotché, sempre sentado em postura de meditação, estava cercado por uma aura luminosa. Ele parecia mais frágil que de costume e se destacava como uma silhueta contra a luz. Pequenos clarões multicores dançavam como fagulhas sobre suas vestes. Depois de alguns poucos segundos que mais lhe pareceram uma eternidade, Détchèn teve medo de ser pego e voltou rapidamente para sua cornija para retomar sua meditação, com o espírito revolto por aquilo que acabara de descobrir.

E se conteve para nada contar, a ninguém. Tinha receio de ter feito algo de reprovável, mas também queria guardar essa visão em seu coração como um tesouro precioso.

❖

Quando os sete dias se passaram, os discípulos mais antigos de Tokdèn Rinpotché e seu fiel Tendzin subiram ao templo em procissão. Cada um deles portava varetas de incenso e estolas cerimoniais de seda branca. E com muita hesitação, destravaram a porta e entraram no aposento. Détchèn se manteve a distância, com o coração disparado.

Tendzin e os discípulos se detiveram, tomados por um misto de maravilhamento e lamento diante do leito de Tokdèn Rinpotché. Ali restava apenas a grande capa marrom, vazia, deposta sobre o leito como se estivesse envolvendo alguém. Lama Dorjé se aproximou e afastou mansamente as abas da capa. E em seu interior encontrou apenas os cabelos e as unhas do mestre, que dissolvera seu invólucro corporal em "corpo de arco-íris", feito que apenas as maiores divindades do passado tinham conseguido realizar.

Détchèn entrou furtivamente no aposento. Ali reinava um perfume sutil, assim como uma indescritível atmosfera de paz e de comunhão espiritual. O maravilhamento impedia que qualquer outro pensamento tivesse lugar.

Depois disso, Jamyang lhe explicou que apenas os iogues que realizaram perfeitamente a "Grande Perfeição", isto é, a compreensão última da natureza do espírito e do mundo dos fenômenos, podem atingir o corpo de arco-íris. Os praticantes que tenham feito a experiência da união da forma e do vazio tornam-se capazes de dissolver os elementos grosseiros do corpo – terra, água, fogo, vento e espaço – e os cinco agregados – forma, sensação, julgamento, volição e consciência – em luzes de cinco cores, que correspondem aos cinco aspectos da sabedoria – a sabedoria da realidade última, a sabedoria semelhante a um espelho, a sabedoria que iguala tudo, a sabedoria que distingue todas as coisas e a sabedoria realizadora.

A notícia se espalhou rapidamente pela comunidade dos eremitas. Alguns dias depois, ela alcançou as aldeias dos vales e os nômades dos altos platôs, de forma que numerosos fiéis afluíram à Fortaleza de Neve e centenas deles acamparam nos arredores do templo. Durante sete semanas, foram realizadas grandes cerimônias votivas em honra ao mestre falecido.

Às vezes, Détchèn participava delas, mas preferia meditar na solidão. Ele passou a sentir um profundo desejo de retomar o retiro, a fim de aprofundar o máximo possível sua prática. E escolheu uma pequena ermida nas proximidades de onde seu mestre bem-amado partira em corpo de arco-íris.

❖

Ele ficou ali durante um ano, na paz da contemplação.

Poucas horas de sono lhe bastavam, e ele acordava por volta das três da madrugada. E então invocava seu mestre com tamanha devoção que seu olhar se turvava de lágrimas. O mestre lhe parecia estar tão presente que ele sentia de modo quase palpável a mão que tão freqüentemente fora imposta sobre sua cabeça e revia seu olhar luminoso, como um sorriso que o enchia de felicidade e de confiança. Muitas vezes durante o dia, ele renovava o voto de progredir para o estado de Buda, a fim de se tornar capaz de realmente ajudar os seres, e depois retomava, uma a uma, todas as meditações que praticara na gruta de Néuring, buscando aprofundá-las, torná-las mais claras e mais estáveis.

Finalmente, tendo concluído seu retiro, saiu de sua ermida ao amanhecer e contemplou a paisagem diante de si. E de repente compreendeu que se o mestre não estava mais em seu corpo, sentado no pequeno templo, estava doravante em toda a parte. A planície nevada lembrava-lhe seu mestre; as grandes árvores, cujos cimos oscilavam ao vento, lembravam-lhe seu mestre: tudo era o mestre sob mil diferentes formas. Os sons, o sopro do vento, o murmúrio do riacho, os gritos dos pássaros... tudo ressoava como a voz do mestre. Até mesmo o silêncio profundo da noite estava saturado de sua presença. O espírito do mestre brilhava por trás de cada pensamento, como a luz que permite ver as formas e as cores.

Détchèn se sentiu tomado por uma força serena. Doravante, o mestre estaria para sempre com ele, onde quer que estivesse, aonde quer que chegasse. Ele podia partir sem medo de abandonar o que era mais importante em sua vida, sem medo de perder o que quer que fosse: doravante, o que ele tinha de mais precioso estava em seu coração.

Diante disso, sentiu um imenso júbilo. O mundo inteiro refletia a presença do mestre, e o universo podia ser lido como um livro de ensinamentos. Cada página dele o satisfazia. Ele deixou de se sentir estranho no mundo, passou a pertencer a cada coisa. Ele se lembrou da imagem da rede de pérolas que recobre o palácio de Indra, o Deus e a mitologia da Índia: o universo inteiro se reflete em cada pérola, sem que a pérola se engrandeça ou o universo se reduza.

Ele estava pronto para descer para o mundo. Que diferença podia haver entre estar aqui ou ali, visto que a bondade e a sabedoria do mestre se faziam presentes em todas as partes? Ele podia partilhar seu novo saber com aqueles que lhe eram caros, com os habitantes de sua aldeia e, quem sabe, com tantos outros mais.

Mas como manifestar tudo isso? Sem dúvida, pela força do exemplo. Ele tinha de se permitir brilhar a luz do mestre que se refletia nele, assim como o faz uma montanha de ouro sob as asas dos pássaros que a contornam.

Détchèn decidiu, então, voltar para Khorma.

O regresso à aldeia

A descida foi rápida. Em dois dias, Détchèn avistou a aldeia. Parou por alguns instantes para contemplar de longe os lugares familiares da infância e a casa dos pais. Crianças brincavam pelo caminho, e alguns agricultores amarravam feixes de feno. Ao se darem conta de sua presença, perguntavam-se quem poderia ser aquele peregrino que vinha descendo das montanhas do Norte, por um caminho tão pouco percorrido. Sua fisionomia lhes era vagamente familiar, mas Détchèn era agora um jovem adulto; mudara bastante. Por fim, alguém o reconheceu e gritou:

– Détchèn!

E imediatamente vários habitantes da aldeia vieram encontrá-lo. As vozes deram eco à notícia: assim que Détchèn se aproximou de sua casa, sua mãe já vinha correndo ao encontro dele para recebê-lo em seus braços. E ele se viu imediatamente rodeado pelos irmãos e irmãs, que soltavam exclamações de alegria.

Quando entrou em casa, Détchèn foi se sentar perto do fogo, onde estava sua avó, Yangchèn. Ela o acolheu com um chá delicioso, que ele degustou ali mesmo, perto dela. A irmã mais velha preparava o jantar. Logo depois, seu pai voltou do campo, e a família, agora completa, festejou o reencontro.

Nos dias que se seguiram, Détchèn recebeu muitas visitas e também percorreu casa por casa, para ver amigos e parentes. Todos manifestavam felicidade em revê-lo e toda a admiração por tudo o que ele realizara durante os três anos passados na Fortaleza de Neve. Détchèn continuava a praticar do melhor modo possível. Ele despertava bem antes da aurora e meditava enquanto todos os seus familiares ainda dormiam. Durante o dia, dedicava algumas horas à sua meditação diante do altar da casa. O restante do tempo, ajudava os parentes nos trabalhos do campo.

Um dia, depois da semeadura, os aldeões lhe pediram que lhes ministrasse um ensinamento sobre a prática do Dharma. Détchèn não era um erudito, mas lhes falou da vida espiritual com todo o seu coração, inspirando-se nas instruções que havia recebido de Tokdèn Rinpotché. E também lhes deu conselhos bem simples para a vida, baseados nas palavras do Buda:

– Ouçam! A virtude suprema é conseguir dominar o espírito. A qualidade suprema é o amor altruísta. Não há como evitar que as boas e as más ações cheguem a amadurecer. A cada instante, mantenham presente ao espírito a seguinte pergunta: "Que devo fazer para não ter do que me arrepender na hora de minha morte?" Se seus amigos lhes causarem dano, não permitam que o ressentimento se aposse de seu espírito. Não maltratem seus pais idosos; sirvam-nos com respeito. Não batam nos animais nem nos cães de guarda; sejam bons para com eles. Toda a felicidade dos seres provém de seus pensamentos benevolentes, e toda a sua infelicidade provém de suas preocupações egoístas. Por amor a todos os seres, desenvolvam no fundo de seu coração o desejo de atingir o Despertar para seu bem último.

Détchèn também passava longos momentos em companhia de vovó Yangchèn, que ia ficando a cada dia mais fragilzinha. Ela lhe pedia sempre que lhe falasse da Fortaleza de Neve e gostava especialmente das historietas sobre a vida dos mestres. A saúde de sua avó se deteriorava, e Détchèn passava grande parte do tempo junto dela, segurando sua mão enquanto conversavam. Quando seu estado piorou consideravelmente, Détchèn adotou o hábito de simplesmente se sentar a seu lado e realizar suas práticas espirituais em silêncio ou em voz baixa. Depois, sobrevieram os últimos instantes. Détchèn lhe deu alguns conselhos que a ajudassem a partir serenamente e a acompanhou com ternura até seu suspiro derradeiro. Assim que Yangchèn parou de respirar, Détchèn invocou os Budas de todas as direções do espaço e visualizou a consciência de sua avó como uma pequena esfera de luz que se elevava de seu coração até o ápice do crânio. Dali, sua consciência escapou pela fontanela e, tal qual uma estrela cadente, foi se dissolver no coração de Amitabha, o Buda da Luz infinita. Em seguida, Détchèn visualizou

Yangchèn renascendo na Terra Pura da Grande Felicidade, onde recebeu os ensinamentos do Buda e continuou a progredir rumo ao Despertar.

Monges do *dzong* foram convidados para a cerimônia de cremação, que foi realizada a certa distância da aldeia, no lugar reservado para esse fim. Como manda o costume, a família ofereceu uma refeição campestre a todos os parentes e amigos vindos das redondezas, umas cem pessoas ao todo. Depois, durante quarenta e nove dias, o tempo durante o qual a consciência vaga pelo *bardo*, o estado intermediário entre a morte e o renascimento, três monges recitaram preces no tempo familiar e, toda sexta-feira, dia da morte de Yangchèn, realizaram elaboradas cerimônias votivas.

❖

Três meses se passaram.

❖

A vida na aldeia estava longe de ser desagradável, e Détchèn desfrutava a presença dos seus. Mesmo assim, ele não tinha a mínima intenção de voltar a ser agricultor ou de constituir família. Então, decidiu fazer uma peregrinação aos grandes lugares santos do Butão e anunciou a seus pais o desejo de voltar para a estrada e de retomar sua vida de eremita.

O bardo errante

Munido de um pequeno saco com provisões, Détchèn se pôs a caminho, em direção à província de Boumthang, situada a quinze dias de caminhada da aldeia. Ele teria de passar por grandes desfiladeiros e atravessar imensas florestas de centenários pinheiros negros. Longos filamentos de líquen verde pálido flutuavam sobre as ramagens. Dizia-se que eles eram a cabeleira de milhares de fadas celestes, as *dakini*, aquelas "que viajam no céu da verdade última". Às vezes, ele surpreendia um pequeno panda vermelho agarrado a um grande ramo ou um gamo almiscarado que fugia, assustado.

❖

Certa manhã, ele descobriu, no cume de um desfiladeiro, o grande vale de Boumthang. E assim que pôs sobre ele seu olhar, o sol desenhou um arco-íris na bruma que envolvia os bosques sombrios. Aqui e ali, o vermelho dos campos de trigo-sarraceno se alternava com a ondulação amarelo pálido dos trigais que se moviam ao sabor da brisa leve. Um grande mosteiro coroava um grande rochedo. Ao longe, um outro, ainda mais majestoso, deixava ver sua imponente massa branca à margem da floresta, na extremidade da planície. Era Kujé Lhakang, que significa "santuário da marca do corpo".

Para chegar até ele, Détchèn ainda precisava caminhar por duas horas pelas margens de um largo rio de águas puras. Depois, tomado por um fervor respeitoso, escalou, quase na vertical, as abruptas escadas de pedra que conduziam à relíquia mais sagrada do país. Com efeito, no interior do templo principal, encontravam-se uma gruta e, profundamente enterrada em sua parede, a forma de um corpo. Conta-se que Padmasambhava, quando visitou o Butão no século VIII, meditou naquele lugar e, recostando-se na rocha, ali deixou a marca de suas costas.

Détchèn se prosternou várias vezes, ofereceu cem lamparinas de manteiga com os óbolos que recolhera durante seu périplo e ficou meditando boa parte do dia naquela gruta abençoada. Nos dias seguintes, prestou homenagem nos vários templos e capelas dispersos pelo vale.

E depois seguiu viagem.

❖

Durante vários meses, ele foi de um lugar santo a outro, de ermida em ermida, às vezes parando dias ou semanas em alguma aldeia. Ofereciam-lhe hospitalidade, ele auxiliava nos trabalhos do campo ou recitava as escrituras sagradas no pequeno templo familiar dos aldeões. Dotado de um temperamento alegre e benevolente, Détchèn se tornava amigo de todos. Atento às pessoas idosas, ele as ajudava a se sentarem ao sol, junto aos grandes feixes de feno quando fazia bom tempo, e aproveitava para arrumar sua cabana. Íntimo das crianças, ele lhes contava todo tipo de histórias. Por exemplo, aquela do rei Tchika Raja, que viera do Tibete dez séculos atrás em uma máquina voadora que se parecia com um imenso pássaro de madeira. Ao aterrissar, a aeronave fez um grande barulho, "tang!", ouvido por todos nas redondezas. Logo o lugar passou a ser chamado de "Planície de Tang". Depois de converter a população à boa lei, o rei consertou seu aparelho e regressou ao País de Neve. Há quem diga que esse rei era ninguém menos que Padmasambhava em pessoa.

Détchèn mantinha a longa cabeleira de seus tempos de retiro e a amarrava em um longo rabo de cavalo que flutuava em suas costas. Usava o manto de tecido vermelho escuro dos eremitas e, no pescoço, um pequeno relicário em prata vermelha, bem como seu *mala*, rosário feito de grãos de *bodhi* polidos e escurecidos pela força de tanto uso. Ele era muito bonito, e as jovens camponesas gostavam de mexer com ele. Mas, apesar de não ser insensível aos encantos das moças, não tinha a menor intenção de fixar residência em um lugar e se tornar joguete das paixões humanas.

Détchèn também fora dotado de bela voz, com entonações puras e melodiosas. À noite, no decorrer das vigílias, cantava poemas espirituais que aprendera durante o tempo passado na Fortaleza de Neve. As famílias se reuniam para vê-lo, inspiradas tanto pela beleza do seu canto quanto pela profundidade de suas palavras. Por vezes, no fim da tarde, traziam chá e grãos de arroz pilados, misturados com manteiga e açúcar, e toda a aldeia se acomodava em volta, no átrio de uma casa ou em um prado florido, para escutar Détchèn.

❖

Dessa forma, Détchèn se tornou um bardo errante, difundindo com seus cantos o amor e a sabedoria do Buda. Às vezes, ele desaparecia durante algumas semanas em alguma ermida que encontrasse no caminho e se entregava à contemplação durante o tempo que suas provisões durassem.

❖

Ao final de alguns meses de errância, ele chegou à capital, Tinfu, habitada por vinte mil pessoas. Détchèn nunca vira cidade tão grande. As belas casas de pedras brancas, de madeiramento alto, bordavam as margens de um rio de águas transparentes. O majestoso edifício do *dzong*, imensa fortaleza, meio mosteiro, meio residência do governo real, dominava a paisagem.

Na praça do mercado, as barracas estavam repletas de mangas e abacaxis vindos da Índia e de uma infinidade de objetos cuja variedade provocava nele grande surpresa. Détchèn começou a cantar e logo foi cercado por uma pequena e receptiva multidão. E apesar de nem sempre compreenderem o sentido de seus cantos espirituais, todos estavam impressionados com a serenidade daquele poeta de longos cabelos, tão jovem e de aparência tão sábia. Alguns lhe ofertaram algumas cédulas de dinheiro amarfanhadas para auxiliá-lo a continuar em sua peregrinação. Depois, ele se pôs à procura de um primo de quem tinha um endereço aproximativo e o encontrou pouco antes do anoitecer. Foi acolhido com a hospitalidade característica dos butaneses. E todo dia ele voltava à praça do mercado para cantar. Mas, quando todos começaram a falar do eremita cantor, ele deixou de ser visto. Tinha retomado sua vida de errante.

Em todo o Butão, bastava se afastar das aldeias, subir rumo às alturas, para encontrar uma comunidade de eremitas, uma ermida abandonada ou uma gruta acolhedora. Seguindo sua inspiração, Détchèn deixava-se ficar ali por alguns dias ou alguns meses e se consagrava à meditação. Ao partir, não deixava para trás nada além das cinzas de seu fogo e as marcas de seus passos. Nos campos, punha-se a serviço de terceiros; nas ermidas, recolhia-se em contemplação com alegria. Ele era livre em seus pensamentos e livre em seus atos. Tinha um só pensamento, uma única prece:

Tanto tempo quanto dure o espaço,
Tanto tempo quanto existam os seres,
Possa eu também subsistir
Para dissipar a dor do mundo.

Apesar de fictícios, os heróis deste conto foram inspirados em pessoas reais. A história deles é um mosaico de acontecimentos vividos por mim mesmo e por outros em um passado recente ou remoto. A Fortaleza de Neve existe, mas não revelarei seu nome. O "extremo do mundo" deve seguir sendo aquilo que é...

Este livro foi composto em

Gatineau, corpo 11,5/14,7.

Impresso pela Vida e Consciência sobre papel
Pólen Bold 90g/m² em janeiro de 2008.